O *GAUCHO* INSOFRÍVEL

ROBERTO BOLAÑO

O *gaucho* insofrível

Tradução
Joca Reiners Terron

COMPANHIA DAS LETRAS

Copyright © 2003 by herdeiros de Roberto Bolaño
Todos os direitos reservados.

Grafia atualizada segundo o Acordo Ortográfico da Língua Portuguesa de 1990, que entrou em vigor no Brasil em 2009.

Título original
El gaucho insufrible

Capa
Raul Loureiro

Imagem de capa
Sem título, de Rodrigo Andrade, 1997, óleo sobre tela, 190 × 220 cm.
Reprodução de Everton Ballardin

Preparação
Silvia Massimini Felix

Revisão
Camila Saraiva
Luciane H. Gomide

Dados Internacionais de Catalogação na Publicação (CIP)
(Câmara Brasileira do Livro, SP, Brasil)

Bolaño, Roberto, 1953-2003
    O gaucho insofrível / Roberto Bolaño ; tradução Joca Reiners Terron. — 1ª ed. — São Paulo : Companhia das Letras, 2024.

    Título original : El gaucho insufrible.
    ISBN 978-85-359-3605-6

    1. Ficção chilena I. Título.

23-167632   CDD-C863

Índice para catálogo sistemático:
1. Ficção : Literatura chilena C863

Cibele Maria Dias – Bibliotecária – CRB-8/9427

Todos os direitos desta edição reservados à
EDITORA SCHWARCZ S.A.
Rua Bandeira Paulista, 702, cj. 32
04532-002 — São Paulo — SP
Telefone: (11) 3707-3500
www.companhiadasletras.com.br
www.blogdacompanhia.com.br
facebook.com/companhiadasletras
instagram.com/companhiadasletras
twitter.com/cialetras

*Para meus filhos Lautaro e Alexandra
e para meu amigo Ignacio Echevarría*

Sumário

Jim, 11
O *gaucho* insofrível, 15
O policial dos ratos, 45
A viagem de Álvaro Rousselot, 73
Dois contos católicos, 95
Literatura + doença = doença, 113
Os mitos de Cthulhu, 135

Talvez não percamos tanto assim, depois de tudo.
Franz Kafka

Jim

Faz muitos anos tive um amigo que se chamava Jim, e desde então nunca voltei a ver um norte-americano mais triste. Desesperados, vi muitos. Tristes, como Jim, nenhum. Certa vez partiu para o Peru, em uma viagem que deveria durar mais de seis meses, mas ao fim de pouco tempo tornei a vê-lo. Em que consiste a poesia, Jim?, perguntavam-lhe os garotos mendigos do México. Jim os escutava olhando as nuvens e depois se punha a vomitar. Léxico, eloquência, busca da verdade. Epifania. Como quando a Virgem aparece para você. Na América Central o assaltaram várias vezes, o que parecia extraordinário para alguém que havia sido fuzileiro naval e antigo combatente no Vietnã. Brigas nunca mais, dizia Jim. Agora sou poeta e procuro o extraordinário para dizê-lo com palavras comuns e correntes. Você acredita que existem palavras comuns e correntes? Acho que sim, dizia Jim. Sua mulher era uma poeta chicana que ameaçava, de tempos em tempos, abandoná-lo. Jim me mostrou uma foto dela. Não era particularmente bonita. Seu rosto expressava sofrimento e debaixo do sofrimento assomava a raiva. Imaginei-a em um apartamento de San Francisco ou em uma casa de Los Angeles, com as janelas fechadas e as cortinas abertas, sentada à mesa, comendo migalhas de pão de forma e um prato de caldo verde. Pelo visto Jim gostava das morenas, as mulheres secretas da história, dizia sem dar maiores explicações. Eu, pelo contrário, gostava das louras. Uma vez o vi contemplando os engolidores de fogo das ruas do DF. Estava de costas e não o cumprimentei, mas evidentemente era Jim. O cabelo mal cortado, a camisa branca e suja, os ombros curvados como se ainda sentisse o peso da mochila. A nuca vermelha, uma nuca que evocava, de alguma maneira, um linchamento no campo, um campo em branco e preto, sem anúncios nem luzes de postos de gasolina, um campo tal como é ou deveria ser o campo: um sem-fim de terrenos baldios, cômodos de tijolos ou casas blindadas de onde escapamos e que esperam nosso regresso. Jim estava com as mãos nos bolsos. O engolidor de fogo agitava sua tocha e ria de modo feroz. Seu rosto, enegrecido, dizia que podia ter trinta e cinco anos ou quinze. Não usava camisa, e uma cicatriz vertical subia desde o umbigo até o peito. De tempos em tempos enchia a boca de líquido inflamável e depois cuspia uma longa cobra de fogo. As pessoas o olhavam, apreciavam sua arte e seguiam seu caminho, menos Jim, que permanecia no meio-fio da calçada, imóvel, como se aguardasse algo mais do engolidor de fogo, um décimo sinal depois de ter decifrado os nove de rigor, ou como se tivesse descoberto no rosto fuliginoso a cara de um antigo amigo ou de alguém que havia matado. Observei-o durante um bom tempo. Eu então tinha dezoito ou dezenove anos e acreditava que era imortal. Se soubesse que não era, teria dado meia-volta e me afastado dali. Passado um tempo, cansei de olhar as costas de Jim e os trejeitos do engolidor de fogo. O certo é que me aproximei e o chamei. Jim pareceu não me ouvir.

Ao se virar, observei que tinha a cara molhada de suor. Parecia febril e custou a me reconhecer: cumprimentou-me com um movimento de cabeça e depois seguiu olhando o engolidor de fogo. Quando me postei ao seu lado, me dei conta de que estava chorando. Provavelmente também tinha febre. Além disso descobri, com menos assombro do que agora ao escrever, que o engolidor de fogo estava trabalhando exclusivamente para ele, como se todos os demais transeuntes daquela esquina do DF não existíssemos. As chamas, vez ou outra, iam morrer a menos de um metro de onde estávamos. O que quer, falei para ele, que te assem na rua? Uma piada tonta, dita sem pensar, mas de repente percebi que era isso, precisamente, que Jim esperava. *Fodido, enfeitiçado/ fodido, enfeitiçado* era o refrão, pelo que me lembro, de uma canção da moda naquele ano em alguns inferninhos. Jim parecia fodido e enfeitiçado. O feitiço do México o pegara e agora Jim olhava seus fantasmas bem nas fuças. Vamos embora daqui, falei para ele. Também lhe perguntei se havia se drogado, se estava passando mal. Ele disse que não com a cabeça. O engolidor de fogo nos olhou. Em seguida, com as bochechas inchadas, como Éolo, o deus do vento, aproximou-se de nós. Percebi, em uma fração de segundos, que não era exatamente vento o que nos cairia em cima. Vamos, falei, e com um tranco o arranquei do funesto meio-fio da calçada. Perdemo-nos rua abaixo, na direção de Reforma, e em pouco tempo nos separamos. Jim não abriu a boca o tempo todo. Nunca mais voltei a vê-lo.

O *gaucho* insofrível

para Rodrigo Fresán

Na opinião daqueles que o conheceram intimamente, Héctor Pereda teve duas virtudes acima de tudo: foi um cuidadoso e terno pai de família e um advogado irrepreensível, de comprovada honradez, em um país e em uma época em que a honradez não estava exatamente na moda. Exemplos da primeira são o Bebe e a Cuca Pereda, seus filhos, que tiveram uma infância e uma adolescência felizes e que em seguida, carregando na intensidade da acusação em questões práticas, jogaram na cara de Pereda que ele lhes sequestrou a realidade tal qual era. De seu ofício de advogado, pouco é o que se pode dizer. Fez dinheiro e fez mais amizades do que inimizades, o que não é pouco, e quando esteve em suas mãos ser juiz ou se candidatar como deputado por um partido, preferiu, sem titubear, a promoção judicial, em que iria ganhar, como se sabe, muito menos dinheiro do que com certeza ganharia nas lidas da política.

Ao cabo de três anos, porém, decepcionado com a magistratura, abandonou a vida pública e se devotou, ao menos durante um tempo, que talvez tenham sido anos, à leitura e às viagens. É claro que também houve uma sra. Pereda, de solteira Hirschman, de quem o advogado, segundo contam, esteve loucamente enamorado. Há fotos da época que atestam isso: em uma delas se vê Pereda, de terno preto, bailando um tango com uma mulher loura quase platinada; a mulher olha para a objetiva da câmera e sorri, e os olhos do advogado, como os olhos de um sonâmbulo ou de um carneiro, olham apenas para ela. Desgraçadamente a sra. Pereda faleceu de forma repentina, quando a Cuca tinha cinco anos e o Bebe, sete. Viúvo jovem, o advogado jamais voltou a se casar, embora tivesse amigas (nunca namoradas) bastante notórias em seu círculo social, que cumpriam, ademais, com todos os requisitos para se converterem nas novas sras. Pereda.

Quando os dois ou três amigos íntimos do advogado lhe perguntavam a respeito, este invariavelmente respondia que não queria o peso (insuportável, segundo sua expressão) de arranjar uma madrasta para seus rebentos. Para Pereda, o grande problema da Argentina, da Argentina daqueles anos, era precisamente o problema da madrasta. Nós argentinos, dizia, não tivemos mãe ou nossa mãe foi invisível ou nossa mãe nos abandonou na porta do orfanato. Madrastas, por outro lado, tivemos demasiadas e de todas as cores, começando pela grande madrasta peronista. E concluía: sabemos mais de madrastas do que qualquer outra nação latino-americana.

Sua vida, apesar de tudo, era uma vida feliz. É difícil, dizia, não ser feliz em Buenos Aires, que é a mescla perfeita de Paris e Berlim, apesar de que, caso se aguce a vista, está mais para a mescla perfeita de Lyon e Praga. Todos os dias se levantava na mesma hora em que seus filhos, com quem tomava café da manhã e que depois deixava no colégio. Dedicava o resto da manhã à leitura da imprensa, invariavelmente lia ao menos dois jornais, e depois de fazer um lanche às onze (composto basicamente de carne e embutidos, pão francês com manteiga e dois ou três copos de vinho nacional ou chileno, salvo nas ocasiões especiais em que o vinho, obrigatoriamente, era francês), dormia uma sesta até a uma da tarde. A refeição, que fazia sozinho na enorme sala de jantar vazia, lendo um livro e sob a observação distraída da velha empregada e dos olhos em branco e preto de sua mulher defunta, que o olhava das fotos enquadradas em molduras de prata trabalhada, era leve: uma sopa, um pouco de peixe e um pouco de purê, que deixava esfriar. Às tardes repassava com seus filhos as lições do colégio ou assistia em silêncio às aulas de piano da Cuca e às aulas de inglês e francês do Bebe, que dois professores de sobrenome italiano iam lhes dar em casa. Às vezes, quando a Cuca aprendia a tocar algo inteiro, acudiam a empregada e a cozinheira para ouvi-la, e o advogado, transido de orgulho, as escutava murmurar palavras elogiosas, que a princípio lhe pareciam desmedidas mas que logo, depois de pensar duas vezes, pareciam-lhe acertadíssimas. À noite, depois de dar boa-noite a seus filhos e relembrar pela enésima vez a suas empregadas que não abrissem a porta para ninguém, partia para seu café favorito, na Corrientes, onde podia ficar até a uma, não mais do que isso, escutando seus amigos ou os amigos de seus amigos, que falavam de coisas que ele desconhecia e das quais suspeitava que, caso conhecesse, o aborreceriam soberanamente, e depois se retirava para casa, onde todos dormiam.

Um dia, porém, os filhos cresceram, e primeiro a Cuca se casou, indo viver no Rio de Janeiro, e depois o Bebe se aplicou à literatura, quer dizer, triunfou na literatura, converteu-se em um autor de sucesso, algo que enchia de orgulho Pereda, que lia todas e cada uma das páginas que o filho caçula publicava, o qual ainda permaneceu em casa durante uns anos (onde estaria melhor?), e então, como fizera sua irmã antes dele, alçou voo.

A princípio, o advogado tentou se resignar à solidão. Teve um relacionamento com uma viúva, fez uma longa viagem pela França e pela Itália, conheceu uma mocinha chamada Rebeca, por fim se conformou em ordenar sua vasta e desordenada biblioteca. Quando o Bebe voltou dos Estados Unidos, onde trabalhou durante um ano em uma universidade, Pereda se convertera em um homem prematuramente envelhecido. Preocupado, o filho se esforçou para não deixá-lo só e às vezes iam ao cinema ou ao teatro, e outras vezes o obrigava (apenas, porém, no princípio) a comparecer com ele às tertúlias literárias que organizavam na cafeteria El Lápiz Negro, onde os autores laureados com algum prêmio municipal dissertavam longamente sobre os destinos da pátria. Pereda, que nessas tertúlias nunca abriu a boca, começou a se interessar pelo que diziam os colegas de seu filho. Quando falavam de literatura, francamente se aborrecia. Para ele, os melhores escritores da Argentina eram Borges e seu filho, e tudo o que se acrescentasse a esse respeito sobrava. Mas quando falavam de política nacional e internacional, o corpo do advogado se tensionava como se estivessem lhe aplicando uma descarga elétrica. A partir de então, seus hábitos mudaram. Começou a se levantar cedo e a procurar nos velhos livros de sua biblioteca algo que nem ele mesmo sabia o que era. Passava as manhãs lendo. Decidiu abandonar o vinho e as comidas demasiado fortes, pois compreendeu que as duas coisas empanzinavam o entendimento. Seus hábitos de higiene também mudaram. Já não se arrumava como antes para sair à rua. Não demorou a deixar de tomar banho diariamente. Um dia, saiu para ler o jornal em um parque sem pôr gravata. Aos seus velhos amigos de sempre, se tornava custoso reconhecer no novo Pereda o antigo e em todos os aspectos irretocável advogado. Um dia, se levantou mais nervoso do que de costume. Almoçou com um juiz aposentado e com um jornalista aposentado e durante toda a refeição não parou de rir. No fim, quando cada um tomava sua taça de conhaque, o juiz lhe perguntou o que havia de tão engraçado. Buenos Aires está afundando, respondeu Pereda. O velho jornalista pensou que o advogado tinha enlouquecido e recomendou-lhe a praia, o mar, aquele ar revigorante. O juiz, menos dado às elucubrações, pensou que Pereda saíra pela tangente.

Poucos dias depois, é claro, a economia argentina despencou no abismo. Contas-correntes em dólares foram congeladas, os que não haviam mandado seu patrimônio (ou suas economias) para o estrangeiro de repente se viram sem nada, alguns títulos, algumas promissórias que só de olhar deixavam o cabelo em pé, vagas promessas ligeiramente inspiradas em um tango esquecido e na letra do hino nacional. Eu avisei, disse o advogado a quem quis ouvi-lo. Depois, acompanhado de suas duas empregadas, fez o mesmo que muitos portenhos de então: longas filas, longas conversas com desconhecidos (que lhe pareceram simpaticíssimos) em ruas lotadas de gente enganada pelo Estado ou pelos bancos ou por quem quer que fosse.

Quando o presidente renunciou, Pereda participou do panelaço. Não foi o único. Às vezes, as ruas lhe pareciam tomadas por velhos, velhos de todas as classes sociais, e gostava disso sem saber por quê, parecia-lhe um signo de que algo estava mudando, de que algo se movia na escuridão, embora tampouco lhe repugnasse participar de manifestações com piqueteiros que não demoravam em se converter em balbúrdia. Em poucos dias a Argentina teve três presidentes. Não ocorreu a ninguém pensar em uma revolução, e não ocorreu a nenhum militar a ideia de encabeçar um golpe de Estado. Foi quando Pereda decidiu regressar ao campo.

Antes de partir, falou com a empregada e a cozinheira e expôs seu plano. Buenos Aires está apodrecendo, lhes disse, vou para a estância. Conversaram durante horas, sentados à mesa da cozinha. A cozinheira estivera na estância tantas vezes quanto Pereda, que costumava dizer que o campo não era lugar para gente como ele, um pai de família com estudo, preocupado em dar boa educação aos filhos. A própria figura da estância veio se desmanchando em sua memória até se converter em uma casa sem centro, uma árvore enorme e ameaçadora e um celeiro onde se moviam sombras que talvez fossem ratos. Aquela noite, contudo, enquanto tomava chá na cozinha, disse às suas empregadas que já quase não tinha dinheiro para lhes pagar (tudo estava no *corralito* bancário, quer dizer, tudo estava perdido) e que sua proposta, a única que lhe ocorria, era levá-las com ele para o campo, onde ao menos comida, ou isso queria crer, não lhes faltaria.

A cozinheira e a empregada o escutaram com pesar. O advogado em um momento da conversa se pôs a chorar. Para tratar de consolá-lo, disseram-lhe que não se preocupasse com o dinheiro, que elas estavam dispostas a continuar trabalhando mesmo que ele não lhes pagasse. O advogado se opôs de tal forma que não admitia réplica. Não tenho mais idade para me transformar em proxeneta, disse às duas com um sorriso que, à sua maneira, lhes pedia perdão. Na manhã seguinte, fez a mala e partiu de táxi para a estação. As mulheres se despediram da calçada.

A viagem de trem foi longa e monótona, o que lhe permitiu refletir durante o trajeto. No princípio, o vagão estava repleto de gente. Os assuntos das conversas, segundo pôde concluir, eram basicamente dois: a situação de bancarrota do país e o nível de preparação da seleção argentina com vista ao mundial da Coreia e do Japão. A massa humana o fez recordar trens que saíam de Moscou no filme *Doutor Jivago*, que vira fazia tempo, apesar de nos trens russos daquele diretor inglês as pessoas não falarem de hóquei no gelo nem de esqui. Não temos remédio, pensou, embora estivesse de acordo que, ao menos no papel, o escrete argentino parecia imbatível. Quando anoiteceu, as conversas cessaram e o advogado pensou em seus filhos, na Cuca e no Bebe, ambos no estrangeiro, e também pensou em algumas mulheres que havia conhecido intimamente e de quem não esperava voltar a se lembrar e que surgiam do esquecimento, silenciosas, a pele coberta de transpiração, insuflando em seu espírito agitado uma espécie de serenidade que não era serenidade, uma disposição para a aventura que tampouco era precisamente isso, mas que parecia ser.

Logo o trem começou a rodar pelo pampa e o advogado colou a testa ao vidro frio da janela e adormeceu.

Quando despertou, o vagão estava meio vazio e perto dele um tipo meio acaboclado lia um gibi do Batman. Onde estamos?, perguntou-lhe. Em Coronel Gutiérrez, disse o homem. Ah, bom, pensou o advogado, estou indo para Capitán Jourdan. Depois se levantou e esticou os ossos e voltou a se sentar. No deserto, viu um coelho que parecia apostar corrida com o trem. Detrás do primeiro coelho corriam cinco coelhos. O primeiro coelho, que estava quase ao lado da janela, seguia com os olhos muito abertos, como se a corrida contra o trem estivesse lhe custando um esforço sobre-humano (ou sobrecoelhal, pensou o advogado). Os coelhos perseguidores, ao contrário, pareciam correr em conjunto, como os ciclistas perseguidores no Tour de França. O que assomava dava saltos duplos e o que ia na frente voltava até a última posição, o terceiro se punha em segundo, o quarto em terceiro e assim o grupo se distanciava cada vez mais metros do coelho solitário que corria sob a janelinha do advogado. Coelhos, pensou este, que maravilha! No deserto, por outra parte, não se via nada, uma enorme e inalcançável extensão de pastos ralos e grandes nuvens baixas que faziam duvidar que estivessem próximos de um povoado. Você vai para Capitán Jourdan?, perguntou ao leitor de Batman. Este parecia ler os balões com extremo cuidado, sem perder nenhum detalhe, como se passeasse por um museu portátil. Não, respondeu-lhe, vou descer em El Apeadero. Pereda forçou a memória e não se lembrou de nenhuma estação chamada assim. Que é isso, uma estação ou uma fábrica?, disse. O sujeito acaboclado o olhou fixamente: uma estação, respondeu. Parece que se incomodou, pensou Pereda. A pergunta havia sido improcedente, uma pergunta ditada não por ele, em geral um homem discreto, mas pelo pampa, direta, varonil, sem subterfúgios, pensou.

Quando voltou a apoiar a testa na janelinha, viu que os coelhos perseguidores já haviam alcançado o coelho solitário e se jogavam cruelmente em cima dele, cravando-lhe as garras e os dentes, aqueles longos dentes de roedores, pensou espantado Pereda, em seu corpo. Enquanto o trem se distanciava, viu uma massa amorfa de peles pardas que se revolvia de um lado da estrada.

Na estação de Capitán Jourdan só desceram Pereda e uma mulher com duas crianças. A plataforma era metade de madeira e metade de cimento, e por mais que tenha procurado não encontrou um empregado da ferrovia em lugar nenhum. A mulher e as crianças se puseram a caminhar pelos trilhos do trem e apesar de se distanciarem e suas figuras irem diminuindo, passaram-se mais de três quartos de hora, calculou o advogado, até que desapareceram no horizonte. A terra é redonda?, pensou Pereda. Mas claro que é redonda!, respondeu a si mesmo, e depois sentou-se em um velho banco de madeira colado à parede dos escritórios da estação e se dispôs a matar o tempo. Recordou, como era inevitável, o conto *O Sul*, de Borges, e depois de imaginar o armazém dos parágrafos finais seus olhos se umedeceram. Depois recordou o argumento do último romance do Bebe, viu seu filho escrevendo em um computador, no desconforto de um quarto em uma universidade do Meio-Oeste norte-americano. Quando o Bebe regressar e souber que voltei para a estância..., pensou com entusiasmo. A soalheira e a brisa morna que chegava em rajadas do pampa o entorpeceram e ele adormeceu. Despertou ao sentir que uma mão o sacudia. Um sujeito tão de idade quanto ele e vestido com um velho uniforme de ferroviário lhe perguntou o que fazia ali. Falou que era o dono da estância Álamo Negro. O sujeito olhou para ele um instante e disse: o juiz. Isso mesmo, respondeu Pereda, durante um tempo fui juiz. E não se lembra de mim, sr. juiz? Pereda o olhou com atenção: o homem necessitava de um uniforme novo e de um corte de cabelo urgente. Negou com a cabeça. Sou Severo Infante, disse o homem. Seu companheiro de brincadeiras, quando você e eu éramos garotos. Mas, *che*, isso faz tempo, como poderia me lembrar, respondeu Pereda, e até a voz, não vamos dizer as palavras que empregou, pareceram-lhe alheias, como se o ar de Capitán Jourdan exercesse um efeito tônico em suas cordas vocais ou em sua garganta.

É verdade, tem razão, sr. juiz, disse Severo Infante, porém quero celebrar assim mesmo. Dando pulinhos, como se imitasse um canguru, o funcionário da estação se perdeu no interior da bilheteria e quando saiu carregava uma garrafa e um copo. À sua saúde, disse, e ofereceu a Pereda o copo que encheu até a metade com um líquido transparente que parecia álcool puro e que cheirava a terra queimada e pedras. Pereda provou um gole e deixou o copo sobre a bancada. Disse que não bebia mais. Depois se levantou e perguntou para que lado ficava sua estância. Saíram pela porta traseira. Capitán Jourdan, disse Severo, fica nessa direção, basta cruzar o córrego seco. Álamo Negro fica nessa outra, um pouco mais longe, porém não tem como se perder se chegar de dia. Tenha cuidado com a saúde, disse Pereda, e começou a caminhar em direção à sua estância.

A casa principal estava quase em ruínas. Aquela noite fez frio e Pereda tentou juntar alguns gravetos e acender uma fogueira, porém não encontrou nada e afinal se aconchegou em seu abrigo de frio, pôs a cabeça em cima da mala e adormeceu pensando que amanhã seria outro dia. Despertou com as primeiras luzes da alvorada. O poço ainda funcionava, apesar de o balde ter desaparecido e a corda estar apodrecida. Preciso comprar corda e balde, pensou. Comeu o que lhe restava de um saquinho de amendoim que comprara no trem e inspecionou os inúmeros quartos de teto baixo da estância. Depois se dirigiu a Capitán Jourdan e pelo caminho estranhou ao não ver reses, e sim coelhos. Observou-os com inquietude. Os coelhos de vez em quando saltavam e se aproximavam dele, porém era suficiente agitar os braços para desaparecerem. Embora nunca tivesse sido aficionado por armas de fogo, naquele momento teria gostado de ter uma. Por outro lado, a caminhada lhe caiu bem: o ar era puro, o céu era claro, não fazia nem frio nem calor, de vez em quando divisava uma árvore perdida no pampa e essa visão lhe parecia poética, como se a árvore e a austera cenografia do campo deserto estivessem ali apenas para ele, esperando-o com segura paciência.

Nenhuma rua de Capitán Jourdan era pavimentada, e as fachadas das casas exibiam uma grossa crosta de poeira. Ao entrar no povoado, viu um homem dormindo perto de alguns vasos de flores de plástico. Que falta de cuidado, Deus meu, pensou. A praça de armas era grande e o prédio da prefeitura, de tijolos, conferia ao conjunto de edificações chatas e abandonadas um ligeiro ar de civilização. Perguntou a um jardineiro que estava sentado na praça fumando um cigarro onde podia encontrar uma loja de ferragens. O jardineiro olhou para ele com curiosidade e em seguida o acompanhou até deixá-lo na porta da única loja de ferragens do povoado. O dono, um índio, vendeu-lhe todo o cordame que tinha, quarenta metros de corda trançada, que Pereda examinou por um longo tempo, como se procurasse esgarçamentos. Marque em minha conta, disse depois de escolher as mercadorias. O índio olhou-o sem entender. Na conta de quem?, disse. Na conta de Manuel Pereda, disse Pereda enquanto amontoava suas novas aquisições em um canto da loja de ferragens. Depois perguntou ao índio onde podia comprar um cavalo. O homem deu de ombros. Aqui não tem mais cavalos, disse, só coelhos. Pereda pensou que era uma piada e soltou uma risada seca e breve. O jardineiro, que os observava do umbral, disse que na estância de don Dulce dava para se conseguir um baio. Pereda lhe pediu a localização da estância e o jardineiro o acompanhou um par de ruas, até um solar em escombros. Além dali só havia campo.

 A estância se chamava Mi Paraíso e não parecia tão abandonada como Álamo Negro. Algumas galinhas ciscavam pelo pátio. A porta do galpão havia sido arrancada das dobradiças e alguém a apoiara de um lado, contra uma parede. Alguns meninos de traços acaboclados brincavam com boleadeiras. Da casa principal saiu uma mulher e lhe deu um boa-tarde. Pereda lhe pediu um copo d'água. Enquanto bebia, perguntou se ali estavam vendendo um cavalo. Precisa esperar o patrão, disse a mulher, e voltou a entrar na casa. Pereda se sentou perto da cisterna e se entreteve espantando as moscas que saíam de todas as partes, como se estivessem salgando carne no pátio, embora as únicas conservas que Pereda conhecesse fossem os picles que havia muitos anos ele comprava em um armazém que os importava diretamente da Inglaterra. Ao cabo de uma hora, ouviu os ruídos de um jipe e se levantou.

 Don Dulce era um tipo baixote, rosado, de olhos azuis, vestido com uma camisa branca de manga curta apesar de já ter começado a esfriar naquela hora. Com ele apeou um *gaucho* pilchado de bombacha e chiripá, ainda mais baixo do que don Dulce, que o olhou de soslaio e logo se pôs a carregar peles de coelho para o galpão. Pereda se apresentou. Disse que era o dono de Álamo Negro, que pensava em fazer algumas melhorias na estância e que precisava comprar um cavalo. Don Dulce o convidou para almoçar. Na mesa se sentaram o anfitrião, a mulher que tinha visto, as crianças, o *gaucho* e ele. Não usavam a chaminé para aquecimento, mas para assar pedaços de carne. O pão era duro, sem fermento, como o pão ázimo dos judeus, pensou Pereda, cuja mulher era judia, como recordou em um assomo de nostalgia. Contudo, ninguém da estância Mi Paraíso parecia judeu. Don Dulce falava como um nativo embora Pereda não tivesse deixado de perceber por alto algumas expressões de *compadrito* portenho, como se don Dulce tivesse se criado em Villa Luro e vivesse havia relativamente pouco tempo no pampa.

Não houve nenhum problema na hora de lhe vender o cavalo. De qualquer modo, Pereda não se viu na incumbência de escolher, pois havia apenas um cavalo à venda. Quando disse que talvez tardasse um mês para pagá-lo, don Dulce não fez objeção, apesar de o *gaucho*, que não disse uma palavra durante toda a refeição, olhá-lo com olhos desconfiados. Ao despedir-se, encilharam o cavalo para ele e indicaram o rumo que devia tomar.

Quanto tempo faz que não monto?, pensou Pereda. Durante alguns segundos temeu que seus ossos, acostumados ao conforto de Buenos Aires e às poltronas de Buenos Aires, fossem se quebrar. A noite era escura como boca de lobo. A Pereda, a expressão espanhola lhe pareceu uma estupidez. Provavelmente as noites europeias fossem escuras como bocas de lobo, não as noites americanas, que de fato eram escuras como o vazio, um lugar sem onde se agarrar, um lugar aéreo, pura intempérie, fosse por cima ou por baixo. Vá pela sombra, ouviu que lhe gritava don Dulce. Com a graça de Deus, lhe respondeu da escuridão.

Adormeceu um par de vezes no caminho de regresso até sua estância. Em uma delas, viu uma chuva de poltronas que sobrevoavam uma grande cidade que afinal reconheceu como sendo Buenos Aires. As poltronas de repente entravam em combustão e continuavam a queimar, iluminando o céu da cidade. Em outra, viu a si mesmo montado em um cavalo, junto a seu pai, ambos se distanciando de Álamo Negro. O pai de Pereda parecia compungido. Quando voltaremos?, lhe perguntava o menino. Nunca mais, Manuelito, dizia seu pai. Despertou dessa última cochilada em uma rua de Capitán Jourdan. Em uma esquina, viu uma bodega aberta. Ouviu vozes, alguém que arranhava uma viola, que a afinava sem se decidir jamais a tocar uma canção determinada, tal como lera em Borges. Por um instante pensou que seu destino, seu fodido destino americano, seria semelhante ao de Dalhmann, e não lhe pareceu justo, em parte porque havia contraído dívidas no povoado e em parte porque não estava preparado para morrer, ainda que bem soubesse Pereda que ninguém estava preparado para essa aflição. Uma inspiração repentina o fez entrar montado na bodega. No interior havia um *gaucho* velho, que arranhava o violão, o atendente e três sujeitos mais jovens sentados a uma mesa, que deram um salto assim que viram o cavalo. Pereda pensou, com íntima satisfação, que a cena parecia extraída de um conto de Di Benedetto. Contudo, fechou a cara e encostou no balcão revestido por uma chapa de zinco. Pediu um copo de aguardente que bebeu com uma só mão enquanto com a outra segurava dissimuladamente o relho, já que ainda não comprara um facão, que era o que a tradição mandava. Ao partir, depois de pedir ao bodegueiro que marcasse o consumo em sua conta, enquanto passava junto aos *gauchos* jovens, para reafirmar sua autoridade, lhes pediu que se afastassem para o lado, pois ele ia cuspir. O perdigoto, virulento, saiu quase de imediato disparado de seus lábios e os *gauchos*, assustados e sem entender nada, tiveram tempo apenas de dar um pulo. Fiquem na sombra, disse antes de se perder uma vez mais na escuridão de Capitán Jourdan.

A partir de então, Pereda ia todo dia ao povoado montado em seu cavalo, que nomeou de José Bianco. Em geral ia comprar utensílios necessários para consertar a estância, mas também se entretinha conversando com o jardineiro, o bodegueiro, o ferreiro, cujos produtos consumia diariamente, engordando assim a conta que tinha com cada um deles. A essas tertúlias logo se somaram outros *gauchos* e comerciantes, e às vezes até as crianças iam escutar as histórias que Pereda contava. Nelas, é claro, sempre contava vantagem, mesmo que não fossem precisamente histórias muito alegres. Contava, por exemplo, que tivera um cavalo muito parecido com José Bianco, e que o haviam matado em um entrevero com a polícia. Por sorte eu que fui o juiz, dizia, e a polícia quando topa com os juízes ou ex-juízes costuma recuar.

A polícia é a ordem, dizia, enquanto nós juízes somos a justiça. Captam a diferença, rapazes? Os *gauchos* costumavam concordar, embora nem todos soubessem do que ele falava.

Outras vezes se aproximava da estação, onde seu amigo Severo se distraía recordando as travessuras de infância. Lá com seus botões, Pereda pensava que não era possível que ele tivesse sido tão tonto como o pintava Severo, mas o deixava falar até se cansar ou adormecer e então o advogado saía até a plataforma e esperava o trem que devia lhe trazer uma carta.

Finalmente a carta chegou. Nela sua cozinheira lhe explicava que a vida em Buenos Aires era dura, porém que não se preocupasse, pois tanto ela como a empregada continuavam a ir uma vez a cada dois dias na casa, que reluzia. Havia apartamentos no bairro que com a crise pareciam ter caído em uma entropia repentina, mas seu apartamento continuava tão limpo, senhorial e habitável como sempre, ou até mais, já que o uso, que desgasta as coisas, havia diminuído quase até desaparecer. Depois passava a lhe contar fofocas sobre os vizinhos, fofocas com cores de fatalismo, pois todos se sentiam trapaceados e não vislumbravam nenhuma luz no fim do túnel. A cozinheira acreditava que a culpa era dos peronistas, malta de ladrões, enquanto a empregada, mais demolidora, jogava a culpa em todos os políticos em geral e no povo argentino, uma multidão de cordeiros que finalmente conseguira o que merecia. Sobre a possibilidade de lhe enviar dinheiro, estavam trabalhando nisso, podia ter certeza absoluta, o problema é que ainda não haviam encontrado a fórmula para fazer com que a grana chegasse sem que os vagabundos a subtraíssem pelo caminho.

Ao entardecer, enquanto voltava para Álamo Negro a passo largo, o advogado via à distância umas taperas que no dia anterior não estavam lá. Às vezes, uma delgada coluna de fumaça saía da tapera e se perdia no céu imenso do pampa. Outras vezes cruzava com o veículo no qual se locomoviam don Dulce e seu *gaucho* e permaneciam conversando e fumando um pouco, os dois sem apear do jipe e o advogado sem desmontar de José Bianco. Durante essas travessias, don Dulce se dedicava a caçar coelhos. Uma vez, Pereda lhe perguntou como os caçava e don Dulce disse ao seu *gaucho* que lhe mostrasse uma de suas arapucas, que era um híbrido de gaiola com ratoeira. No jipe, de todo modo, nunca viu nenhum coelho, só as peles, pois o *gaucho* se encarregava de esfolá-los no mesmo lugar onde deixava as arapucas. Quando se despediam, Pereda sempre pensava que o ofício de don Dulce não engrandecia a pátria e sim a apequenava. A qual *gaucho* de verdade lhe poderia ocorrer viver de caçar coelhos?, pensava. Depois dava uma palmada carinhosa em seu cavalo, vamos, *che*, José Bianco, sigamos, lhe dizia, e voltava para a estância.

Um dia, a cozinheira apareceu. Trazia-lhe dinheiro. A viagem da estação até a estância foi feita com ela montada na garupa e a outra metade com ambos a pé, em silêncio, contemplando o pampa. Então a estância estava mais habitável do que quando Pereda a encontrara, e comeram guisado de coelho e em seguida a cozinheira, à luz de um lampião, prestou contas do dinheiro que trazia, de onde o havia tirado, quais objetos da casa tivera de regatear para consegui-lo. Pereda não se incomodou em contar as notas. Na manhã seguinte, ao despertar, viu que a cozinheira tinha trabalhado a noite inteira para tornar alguns cômodos decentes. Repreendeu-a com doçura por isso. Don Manuel, isso parece um chiqueiro de porcos.

Dois dias mais tarde a cozinheira, apesar dos pedidos do advogado, tomou o trem e voltou para Buenos Aires. Eu sem Buenos Aires me sinto outra, lhe explicou enquanto esperavam, únicos viajantes, na plataforma. E já sou velha demais para me sentir outra. As mulheres sempre são as mesmas, pensou Pereda. Tudo está mudando, lhe explicou a cozinheira. A cidade estava cheia de mendigos, e gente decente fazia panelões coletivos nas vilas para ter algo com que forrar o estômago. Circulavam dez tipos de moeda, sem contar a oficial. Ninguém se aborrecia. Se desesperavam, mas não se aborreciam. Enquanto falava, Pereda olhava os coelhos que assomavam do outro lado dos trilhos. Os coelhos olhavam para eles e logo davam um salto e se perdiam no campo. De vez em quando, parece que essas terras estão infestadas de piolhos ou de pulgas, pensou o advogado. Com o dinheiro que lhe trouxe a cozinheira, acertou suas dívidas e contratou um par de *gauchos* para consertar os tetos da estância, que estavam para vir abaixo. O problema era que ele não sabia nada de carpintaria e os *gauchos*, menos ainda.

Um se chamava José e devia ter seus setenta anos. Não tinha cavalo. O outro se chamava Campodónico e provavelmente era mais novo, mas talvez fosse mais velho. Os dois usavam bombachas, mas cobriam a cabeça com gorros feitos por eles mesmos com peles de coelho. Nenhum dos dois tinha família, portanto ao cabo de pouco tempo se instalaram para viver em Álamo Negro. Pelas noites, à luz de uma fogueira, Pereda matava o tempo lhes contando aventuras que só tinham acontecido em sua imaginação. Falava a eles da Argentina, de Buenos Aires e do pampa, e lhes perguntava com qual das três ficavam. Argentina é uma novela, portanto é falsa ou ao menos mentirosa. Buenos Aires é terra de ladrões e *compadritos*, um lugar parecido com o inferno, onde a única coisa a valer a pena eram as mulheres e às vezes, mas só muito de vez em quando, os escritores. O pampa, por outro lado, era o eterno. Um cemitério sem limites é o mais parecido que se pode encontrar. Podem imaginar um cemitério sem limites, piás?, lhes perguntava. Os *gauchos* riam entre si e diziam que francamente era difícil imaginar algo assim, pois os cemitérios são para os humanos e os humanos, apesar de numerosos, decerto tinham um limite. É que o cemitério de que lhes falo, respondia Pereda, é a cópia fiel da eternidade.

    Com o dinheiro que ainda lhe restava, foi a Coronel Gutiérrez e comprou uma égua e um potro. A égua se deixava montar, porém o potro quase não tinha serventia e ainda por cima exigia extremo cuidado. Às vezes, pelas tardes, quando enjoava de trabalhar ou de não fazer nada, ia com seus *gauchos* até Capitán Jourdan. Ele montava José Bianco e os *gauchos* montavam a égua. Quando entrava no armazém, um silêncio respeitoso se espalhava pelo local. Uma turma jogava truco e outra, damas. Quando o prefeito, um sujeito depressivo, aparecia por ali, não faltavam quatro valentes para uma partida de Monopoly até o amanhecer. Para Pereda, esse costume de jogar (nem falemos de jogar Monopoly) parecia bastardo e ofensivo. Um armazém é um lugar onde as pessoas conversam ou escutam em silêncio as conversas alheias, pensava. Um armazém é como uma sala de aula vazia. Um armazém é uma igreja esfumaçada.

Certas noites, sobretudo quando apareciam por ali *gauchos* provenientes de outras zonas ou caixeiros-viajantes desinformados, tinha vontade de arranjar briga. Nada sério, de brincadeira, mas não com varetas meio esturricadas e sim com navalhas. Outras vezes adormecia entre seus dois *gauchos* e sonhava com sua mulher que levava pelas mãos suas crianças e censurava a selvageria a que se entregara. Mas e o resto do país?, lhe respondia o advogado. Isso não é desculpa, *che*, lhe censurava a sra. Hirschman. Então o advogado pensava que sua mulher tinha razão e seus olhos se enchiam de lágrimas.

Ainda assim seus sonhos costumavam ser tranquilos, e quando se levantava de manhã estava animado e com vontade de trabalhar. Ainda que se trabalhasse pouco em Álamo Negro, na verdade. O conserto do telhado da estância foi um desastre. O advogado e Campodónico tentaram fazer uma horta e para tal fim compraram sementes em Coronel Gutiérrez, porém a terra parecia recusar qualquer semente estranha. Durante um tempo, o advogado tentou que o potro, que chamava de "meu garanhão", cruzasse com a égua. Se depois a égua parisse uma potrinha, melhor ainda. Dessa maneira, imaginava, poderia em pouco tempo dispor de uma quadra equina que impulsionaria todo o resto, só que o potro não parecia interessado em cobrir a égua e em vários quilômetros das redondezas não encontrou nenhum outro disposto a fazê-lo, pois os *gauchos* tinham vendido seus cavalos ao matadouro e agora andavam a pé ou de bicicleta ou pediam carona pelas intermináveis estradas do pampa.

Decaímos baixo demais, dizia Pereda ao seu auditório, mas ainda podemos nos levantar como homens e buscar uma morte de homens. Para sobreviver, ele também teve de pôr armadilhas para coelhos. Ao entardecer, quando saíam da estância, com frequência deixava José e Campodónico, mais outro *gaucho* que se unira a eles, apelidado de o Velho, esvaziarem as armadilhas, e rumava em direção às taperas. As pessoas que encontrava ali eram gente jovem, mais jovem do que eles, mas era gente tão indisposta ao diálogo, tão nervosa, que não valia a pena nem sequer convidá-la a comer. As cercas de arame, em algumas partes, ainda se mantinham de pé. De vez em quando, ele se aproximava da linha férrea e ficava muito tempo esperando que o trem passasse, sem desmontar do cavalo, ambos mascando talos de grama, e em não poucas ocasiões o trem nunca passou, como se aquele pedaço da Argentina tivesse sido apagado não apenas do mapa, mas da memória.

Uma tarde, enquanto tentava inutilmente que seu potro montasse na égua, viu um carro que atravessava o pampa e se dirigia diretamente para Álamo Negro. O carro se deteve no pátio e dele apearam quatro homens. Custou-lhe reconhecer seu filho. O mesmo aconteceu ao Bebe quando viu aquele velho barbado e de longos cabelos emaranhados que vestia bombachas e tinha o torso desnudo e bronzeado de sol. Filho da minha alma, disse Pereda ao abraçá-lo, sangue do meu sangue, justificativa dos meus dias, e poderia ter continuado se o Bebe não o detivesse a fim de apresentar seus amigos, dois escritores de Buenos Aires e o editor Ibarrola, que amava os livros e a natureza e patrocinava a viagem. Em homenagem aos convidados do filho, naquela noite o advogado mandou fazer uma grande fogueira no pátio e trouxe de Capitán Jourdan o *gaucho* que melhor rasqueava a guitarra, advertindo-lhe antes que se limitasse estritamente a isso, a rasqueá-la, sem tocar nenhuma canção em particular, como se devia fazer no campo.

De Capitán Jourdan, igualmente, lhe enviaram dez litros de vinho e um litro de aguardente, que Campodónico e José trouxeram na caminhonete do prefeito. Também estocou coelhos e assou um por pessoa, apesar de o pessoal da cidade não mostrar um entusiasmo muito grande por esse tipo de carne. Naquela noite, além dos *gauchos* e dos portenhos, se juntaram mais de trinta pessoas ao redor da fogueira. Antes de começar a festa, Pereda advertiu em voz alta que não queria brigas, algo que soou deslocado, pois os locais eram gente pacífica, a quem lhes dava trabalho até matar um coelho. Mesmo assim, o advogado pensou em preparar um dos numerosos quartos para os que chegassem para a farra depositarem ali os punhais e facas, porém depois pensou que tal medida, certamente, era um pouco exagerada.

Às três da manhã, os homens de respeito tinham empreendido o caminho de volta para Capitán Jourdan e na estância só restavam alguns jovens que não sabiam o que fazer, pois a comida e a bebida já tinham acabado e os portenhos dormiam fazia tempo. De manhã, o Bebe tentou convencer seu pai a voltar com ele para Buenos Aires. Por lá as coisas pouco a pouco estavam melhorando, lhe disse, e para ele, pessoalmente, não iam nada mal. Entregou-lhe um livro, um dos muitos presentes que lhe trouxera, e disse que tinha sido publicado na Espanha. Agora sou um escritor reconhecido em toda a América Latina, lhe assegurou. O advogado, francamente, não sabia do que ele falava. Quando lhe perguntou se havia se casado e o Bebe respondeu que não, lhe recomendou que procurasse uma índia e que viesse viver em Álamo Negro.

Uma índia, repetiu o Bebe com uma voz que ao advogado pareceu sonhadora.

Entre os outros presentes que seu filho lhe trouxera havia uma pistola Beretta 92, com dois carregadores e uma caixa de munição. O advogado olhou a pistola com assombro. Francamente, acredita que vou precisar?, disse. Isso nunca se sabe. Você está muito sozinho aqui, disse o Bebe. No que restava da manhã, encilharam a égua para Ibarrola, que desejava dar uma olhadela nos campos, e Pereda o acompanhou montado em José Bianco. Durante duas horas, o editor se desfez em elogios à vida bucólica e silvestre que, segundo ele, tinham os vizinhos de Capitán Jourdan. Quando viu a primeira tapera desandou a galopar, porém, antes de chegar nela, que estava muito mais longe do que tinha imaginado, um coelho saltou em seu pescoço e o mordeu. O grito do editor se apagou de imediato na imensidão.

De sua posição, Pereda só viu uma mancha escura que saía do solo, traçava um arco até a cabeça do editor e logo desaparecia. Basco de merda, pensou. Meteu as esporas em José Bianco e quando alcançou Ibarrola, este cobria o pescoço com uma das mãos e a cara com a outra. Sem dizer uma palavra, afastou-lhe a mão. Debaixo da orelha havia um arranhão e sangrava. Perguntou-lhe se tinha um lenço. O editor respondeu afirmativamente e apenas então se deu conta de que estava chorando. Ponha o lenço na ferida, lhe disse. Depois recolheu as rédeas da égua e se aproximaram da tapera. Não havia ninguém e não apearam. Enquanto voltavam para a estância, o lenço que Ibarrola apertava contra a ferida foi se tingindo de vermelho. Não falaram. Já na estância, Pereda ordenou a seus *gauchos* que despissem o editor da cintura para cima e o deitassem sobre uma mesa do pátio, depois lavou sua ferida, aqueceu uma faca e com a lâmina em brasa viva a cauterizou, finalmente improvisando um curativo com outro lenço que prendeu em uma bandagem improvisada: uma de suas camisas velhas, que empapou em aguardente, na pouca aguardente que sobrava, uma medida mais ritualística do que eficaz, mas que não custava nada experimentar.

Quando seu filho e os dois escritores regressaram do passeio por Capitán Jourdan, encontraram Ibarrola ainda desmaiado sobre a mesa e Pereda sentado em uma cadeira junto dele, olhando-o com a mesma concentração de um estudante de medicina. Atrás de Pereda, também absortos pelo ferido, estavam os três *gauchos* da estância.

Batia um sol inclemente sobre o pátio. Puta que pariu, gritou um dos amigos do Bebe, teu pai matou o editor. Mas o editor não estava morto e quando se recuperou, salvo pela cicatriz, que costumava mostrar com orgulho e explicava ser devida à picada de uma cobra saltadora e a sua posterior cauterização, disse se sentir melhor do que nunca, ainda que naquela mesma noite tenha partido com os escritores para Buenos Aires.

A partir desse momento, as visitas da cidade não escassearam. Às vezes aparecia o Bebe sozinho, com seu traje de montaria e seus cadernos onde escrevia histórias vagamente policiais e melancólicas. Outras vezes chegava o Bebe com personalidades portenhas, que geralmente eram escritores, dentre os quais, porém, não raro se encontrava um pintor, que era o tipo de convidado que Pereda mais apreciava, pois os pintores, sabe-se lá por quê, sabiam muito mais de carpintaria e alvenaria do que a gauchada que de hábito moscava o dia inteiro pelos arredores de Álamo Negro.

Uma vez, o Bebe chegou com uma psiquiatra. A psiquiatra era loura e tinha olhos azuis de aço e as maçãs do rosto altas, como uma figurante de O *anel dos nibelungos*. Seu único defeito, segundo Pereda, era que falava muito. Uma manhã, ele a convidou para dar um passeio. A psiquiatra aceitou. Encilharam a égua para ela, Pereda montou José Bianco e partiram em direção ao oeste. Durante o passeio, a psiquiatra falou de seu trabalho em um sanatório de Buenos Aires. As pessoas, disse a ele ou talvez tenha dito aos coelhos que às vezes, sub-repticiamente, acompanhavam os cavaleiros durante um trecho, andavam cada dia mais desequilibradas, fato comprovado que levava a psiquiatra a deduzir que talvez o desequilíbrio mental fosse não uma enfermidade, mas sim uma forma de normalidade subjacente, uma normalidade vizinha à normalidade que até o mais comum dos mortais admitia. Para Pereda essas palavras pareciam grego, mas como a beleza da convidada de seu filho o intimidava, deixou de fazer qualquer comentário a respeito. Ao meio-dia, pararam e comeram charque de coelho e vinho. O vinho e a carne, uma carne escura que brilhava como o alabastro ao ser tocada pela luz e que parecia ferver literalmente de proteínas, despertaram a veia poética da psiquiatra e a partir de então, segundo Pereda pôde apreciar de esguelha, ela se entusiasmou.

Com voz afinada, se pôs a citar versos de Hernández e de Lugones. Perguntou-se em voz alta onde Sarmiento teria se equivocado. Enumerou bibliografias e gestas enquanto os cavalos, em bom trote, seguiam impávidos rumo ao oeste, para lugares aonde o próprio Pereda não chegara nunca, e aos quais se alegrava de se encaminhar em tão boa, mesmo que às vezes fastidiosa, companhia. Por volta das cinco da tarde divisaram no horizonte o esqueleto de uma estância. Felizes, esporearam suas cavalgaduras naquela direção, porém quando deram as seis ainda não tinham chegado, o que levou a psiquiatra a observar quão enganosas podiam ser as distâncias. Quando afinal chegaram, saíram para recebê-los cinco ou seis crianças desnutridas e uma mulher vestida com uma saia amplíssima e excessivamente volumosa, como se debaixo da saia, enroscada em suas pernas, carregasse um animal vivo. As crianças não tiravam o olho da psiquiatra, que no princípio insistiu em um comportamento maternal, que não tardaria a renegar ao surpreender nos olhos dos pequenos uma intenção turva, como explicou a Pereda depois, um plano avesso escrito, segundo ela, em uma língua cheia de consoantes, de ganidos, de rancores.

Pereda, que estava cada vez mais convencido de que a psiquiatra não andava lá muito bem da cabeça, aceitou a hospitalidade da mulher, que, durante o jantar servido em um cômodo cheio de fotografias antigas, explicou-lhes que fazia muito tempo que os patrões tinham partido para a cidade (não soube dizer qual era a cidade) e que os peões da estância, ao se verem privados de um salário mensal, pouco a pouco foram desertando. Também falou de um rio e de enchentes, apesar de Pereda não fazer ideia de onde podia ficar o tal rio, nem de ninguém ter lhe falado em Capitán Jourdan sobre as enchentes. Comeram, como era de se esperar, guisado de coelho, que a mulher sabia cozinhar com capricho. Antes de partirem, Pereda lhes apontou onde ficava Álamo Negro, sua estância, no caso de algum dia se cansarem de viver ali. Pago pouco, mas ao menos há companhia, disse-lhes com voz grave, como se explicasse que depois da vida vinha a morte. Depois reuniu as crianças ao redor e deu-lhes três conselhos. Quando terminou de falar, viu que a psiquiatra e a mulher de saião tinham adormecido, sentadas em suas respectivas cadeiras. Começava a amanhecer quando partiram. Sobre o pampa cintilava a lua cheia e de tanto em tanto viam o salto de algum coelho, mas Pereda não lhes dava atenção e, depois de permanecer longo tempo em silêncio, se pôs a cantarolar uma canção em francês que sua defunta apreciava.

A canção falava de um cais e de neblina, de amantes infiéis, como são todos os amantes no fim das contas, pensou compreensivo, e de palcos rotundamente fiéis.

Às vezes Pereda, enquanto percorria montado em José Bianco ou a pé os limites difusos de sua estância, pensava que, se o gado não voltasse, nada seria como antes. Vacas, gritava, onde estão?

No inverno, a mulher de saião chegou seguida pelas crianças a Álamo Negro e as coisas mudaram. Algumas pessoas de Capitán Jourdan já a conheciam e se alegraram de voltar a vê-la. A mulher não falava muito, não obstante trabalhava mais do que os seis *gauchos* que então Pereda tinha na folha de pagamento, por assim dizer, pois com frequência passava meses sem pagá-los. De fato, alguns dos *gauchos* tinham uma noção do tempo, para chamá-la assim, distinta da normal. O mês podia ter quarenta dias sem que isso lhes desse qualquer dor de cabeça. Os anos, quatrocentos e quarenta dias. Na verdade nenhum deles, incluindo Pereda, procurava pensar no assunto. Havia *gauchos* que falavam ao calor do fogo de choques elétricos e outros que falavam como comentaristas esportivos especializados, só que as partidas de futebol que mencionavam haviam acontecido muito tempo atrás, quando tinham vinte ou trinta anos e pertenciam a alguma torcida organizada. À puta que os pariu, pensava Pereda com ternura, uma ternura varonil, isso sim.

Uma noite, farto de ouvir aqueles velhos soltarem frases desalinhavadas sobre hospícios e bairros miseráveis onde os pais deixavam seus filhos sem leite para seguir seu time em campanhas lendárias, perguntou-lhes que opinião tinham sobre política. Os *gauchos*, em princípio, se mostraram renitentes para falar de política, porém, depois de estimulá-los, ao fim resultou que todos eles, de uma forma ou de outra, sentiam saudades do general Perón.

Até aqui podemos chegar, disse Pereda, e sacou seu punhal. Durante alguns segundos pensou que os *gauchos* fariam o mesmo e que aquela noite selaria seu destino, porém os velhos retrocederam temerosos e lhe perguntaram, por Deus, o que estava acontecendo, que tinham feito a ele, que bicho o havia mordido. A luz da fogueira concedia a seus rostos um aspecto tigrado, mas Pereda, tremendo com o punhal na mão, pensou que a culpa argentina ou a culpa latino-americana os transformara em gatos. Por isso em vez de vacas há coelhos, disse a si mesmo enquanto dava meia-volta e se dirigia ao seu quarto.

Não carneio vocês aqui mesmo porque me dão pena, gritou para eles.

Na manhã seguinte, temeu que os *gauchos* tivessem regressado para Capitán Jourdan, mas encontrou todos, alguns trabalhando no pátio, outros mateando junto à fogueira, como se não tivesse acontecido nada. Poucos dias depois, chegou a mulher de saião vinda da estância do oeste e Álamo Negro prosperou, a começar pela comida, pois a mulher sabia como cozinhar um coelho de dez maneiras diferentes, onde encontrar especiarias, qual era a técnica para fazer uma horta e assim terem verduras e hortaliças.

Uma noite, a mulher atravessou os corredores e se enfiou no quarto de Pereda. Vestia só anáguas e o advogado abriu espaço em sua cama e passou o resto da noite olhando o céu raso e sentindo junto às costelas aquele corpo tíbio e desconhecido. Quando já amanhecia, adormeceu e ao despertar a mulher já não estava ali. Amancebado com uma chinoca, disse o Bebe depois que seu pai o atualizou. Só tecnicamente, pontuou o advogado. Então, pedindo empréstimos aqui e ali, conseguira aumentar o plantel de cavalos e mais quatro vacas. Nas tardes em que se sentia entediado, encilhava José Bianco e saía para tanger as vacas. Os coelhos, que nunca na vida tinham visto uma vaca, olhavam para elas com assombro.

Até parecia que Pereda e as vacas se dirigiam ao fim do mundo, mas só tinham saído para uma volta.

Certa manhã, apareceram em Álamo Negro uma médica e um enfermeiro. Depois de ficarem desempregados em Buenos Aires, agora trabalhavam para uma ONG espanhola como serviço móvel de cuidados primários. A médica queria obter exames dos *gauchos* para verificar que não tinham tido hepatite. Quando voltaram, ao cabo de uma semana, Pereda os recebeu o melhor que pôde. Preparou arroz com coelho, cujo sabor era melhor do que o da *paella* valenciana segundo a médica, que depois passou a vacinar gratuitamente todos os *gauchos*. Entregou à cozinheira um frasco de comprimidos, dizendo que administrasse um a cada criança todas as manhãs. Antes de partirem, Pereda quis saber como andava seu pessoal. Anêmicos, respondeu-lhe a médica, mas ninguém tem hepatite B ou C. É um alívio saber disso, disse Pereda. Sim, de certa forma é um alívio, disse a médica.

Antes de partirem, Pereda deu uma olhadela no interior da caminhonete em que viajavam. Na parte traseira havia sacos de dormir amontoados e caixas com remédios e desinfetantes para primeiros socorros. Aonde vão agora?, quis saber. Para o sul, disse a médica. Tinha olhos avermelhados e o advogado não soube se era por falta de dormir ou por ter andado chorando. Quando a caminhonete se distanciou e só restou poeira, pensou que sentiria falta deles.

Naquela noite, falou aos *gauchos* reunidos no armazém. Eu acredito, disse-lhes, que estamos perdendo a memória. Por outro lado, vem em boa hora. Os *gauchos* pela primeira vez o olharam como se entendessem o alcance de suas palavras melhor do que ele. Pouco tempo depois chegou uma carta na qual o Bebe anunciava que ele precisava ir até Buenos Aires para assinar a papelada de venda da sua casa. Que fazer, pensou Pereda, pego o trem ou vou a cavalo? Naquela noite, quase não conseguiu dormir. Imaginava as pessoas se acotovelando nas calçadas enquanto ele entrava montado em José Bianco. Carros parados, policiais mudos, um jornaleiro sorrindo, várzeas desoladas onde seus compatriotas jogavam futebol com a parcimônia causada pela má nutrição. Pereda entrando em Buenos Aires, nesse cenário, tinha a mesma ressonância que Jesus Cristo entrando em Jerusalém ou em Bruxelas, segundo um quadro de Ensor. Todos os seres humanos, pensou dando voltas na cama, em alguma ocasião de nossa vida entramos em Jerusalém. Sem exceções. Alguns depois não saem. Mas a maioria sai. E logo somos presos e crucificados. Especialmente se for um *gaucho*.

Também imaginou uma rua do centro, uma rua muito bonita que reunia o melhor de cada rua de Buenos Aires, onde ele adentrava montado em seu fiel José Bianco, enquanto dos pisos superiores começava a cair uma chuva de flores brancas. Quem jogava as flores? Isso não sabia, pois tanto a rua quanto as janelas dos edifícios se encontravam vazias. Devem ser os mortos, refletiu Pereda cochilando. Os mortos de Jerusalém e os mortos de Buenos Aires.

Na manhã seguinte, falou com a cozinheira e os *gauchos* e comunicou que ia se ausentar por um tempo. Ninguém falou nada, mas de noite, quando jantavam, a do saião perguntou para ele se iria para Buenos Aires. Pereda moveu a cabeça afirmativamente. Então tome cuidado, disse a mulher, e vá pela sombra.

Dois dias depois, tomou o trem e refez o caminho que tomara fazia mais de três anos. Quando chegou à estação Constitución, uma ou outra pessoa o olhou como se estivesse fantasiado, mas a maioria não parecia se importar muito ao ver um velho vestido meio de *gaucho* e meio de caçador de coelhos. O taxista que o levou até sua casa quis saber de onde vinha e, como Pereda permanecia enclausurado em suas considerações, perguntou-lhe se sabia falar espanhol. Como resposta, Pereda desembainhou o punhal e começou a cortar as unhas, que estavam compridas como as de um gato selvagem.

Em sua casa, não encontrou ninguém. As chaves estavam sob o capacho e entrou. A casa parecia limpa, até mesmo excessivamente limpa, mas cheirava a bolinhas de naftalina. Exausto, Pereda se arrastou até seu dormitório e se atirou na cama sem descalçar as botas. Quando despertou, tinha anoitecido. Dirigiu-se à sala sem acender nenhuma luz e telefonou para sua cozinheira. Primeiro falou com o marido dela, que quis saber quem era que estava ligando e não pareceu muito convencido quando Pereda informou quem era. Em seguida, a cozinheira tomou o aparelho. Estou em Buenos Aires, Estela, disse. A cozinheira não pareceu surpresa. Aqui a cada dia acontece algo novo, respondeu quando Pereda perguntou se não se alegrava ao saber que ele estava em casa. Em seguida, quis ligar para a outra empregada, mas uma voz feminina e impessoal anunciou que o número que acabava de discar estava fora de serviço. Desanimado, talvez faminto, quis recordar o rosto de suas empregadas e a imagem que apareceu foi vaga, sombras que perambulavam pelo corredor, uma revoada de roupa limpa, murmúrios e vozes em surdina.

Incrível que consiga recordar seus números de telefone, pensou Pereda sentado no escuro da sala de sua casa. Saiu pouco depois. Imperceptivelmente, seus passos o levaram até o café onde o Bebe costumava se reunir com seus amigos artistas. Da rua viu o interior do local, bastante iluminado, amplo e agitado. O Bebe presidia, junto a um velho (um velho como eu!, pensou Pereda), uma das mesas mais animadas. Em outra, mais próxima da janela de onde espiava, distinguiu um grupo de escritores que mais pareciam empregados de uma agência de publicidade. Um deles, com pinta de adolescente, mesmo que passasse dos cinquenta e possivelmente dos sessenta, de tempos em tempos untava o nariz com pó branco e perorava sobre a literatura universal. De pronto, os olhos do falso adolescente e os olhos de Pereda se encontraram. Por um instante se contemplaram mutuamente como se a presença do outro constituísse uma rachadura na realidade ao redor. Com gesto decidido e uma agilidade insuspeita, o escritor com pinta de adolescente se levantou de um salto e saiu para a rua. Antes que Pereda se desse conta, já estava em cima dele.

Tá olhando o quê?, disse enquanto limpava com um tapa os restos de pó branco do nariz. Pereda o estudou. Era mais alto do que ele e mais magro e possivelmente também mais forte. Tá olhando o quê, velho insolente? Tá olhando o quê? Do interior do café, a patota do falso adolescente contemplava a cena como se toda noite acontecesse algo parecido.

Pereda se viu segurando o punhal e se deixou levar. Avançou um passo e sem que ninguém percebesse que estava armado cravou-lhe a ponta, só um pouco, na virilha. Mais tarde recordaria a cara de surpresa do escritor, a cara espantada e como que de reprovação, e suas palavras que procuravam uma explicação (O que você fez, babaca?), ainda sem saber que a febre e a náusea não têm explicação.

Parece que você precisa de uma compressa, ainda acrescentou Pereda, com voz clara e firme, apontando a entreperna rubra de sangue do cheirador. Minha mãezinha, este disse quando o olhou. Quando ergueu a vista, rodeado pelos amigos e colegas, Pereda já não estava.

O que fazer?, pensou o advogado enquanto perambulava pela cidade de seus amores, desconhecendo-a e logo a reconhecendo, maravilhando-se e se compadecendo dela, fico em Buenos Aires e viro um campeão da justiça, ou volto ao pampa, de que nada sei, e procuro fazer alguma coisa de proveito, sei lá, talvez com os coelhos, talvez com as pessoas, aqueles pobres *gauchos* que me aceitaram e sofrem comigo sem protestar? As sombras da cidade não lhe ofereceram nenhuma resposta. Caladas, como sempre, se queixou Pereda. Assim mesmo, decidiu voltar com as primeiras luzes do dia.

O policial dos ratos

para Robert Amutio e Chris Andrews

Eu me chamo José, apesar de ser chamado de Pepe pelos conhecidos, e alguns deles, em geral os que não me conhecem tão bem ou não têm familiaridade comigo, me chamarem Pepe, o Tira. Pepe é um diminutivo carinhoso, afável, cordial, que não me diminui nem me agiganta, um apelido que denota, inclusive, certo respeito afetuoso, se me permite a expressão, não um respeito distante. Depois vem o outro nome, o apelido, a cauda ou corcunda que arrasto com bom ânimo, sem me ofender, em certa medida porque nunca ou quase nunca o utilizam em minha presença. Pepe, o Tira, que é como misturar arbitrariamente o carinho e o medo, o desejo e a ofensa no mesmo saco sombrio. De onde vem a palavra Tira? Vem de tirana, tirano, que é aquele que faz qualquer coisa sem ter de responder sobre seus atos a ninguém, o que goza, em uma palavra, de *impunidade*. E o que é um tira? Um tira é, para meu povo, um policial. E a mim me chamam Pepe, o Tira, porque sou, precisamente, policial, um ofício como qualquer outro mas que poucos estão dispostos a exercer. Se quando entrei na polícia soubesse o que sei hoje, eu tampouco estaria disposto a exercê-lo. Que foi que me levou a virar policial? Muitas vezes, sobretudo nos últimos tempos, me perguntei isso, e não acho uma resposta convincente.

É provável que eu tenha sido um jovem mais estúpido do que a maioria. Talvez um desengano amoroso (porém não consigo lembrar se estive apaixonado naquele tempo) ou talvez a fatalidade, a consciência de ser distinto dos demais e por isso buscar um ofício, um ofício que me permitisse passar muitas horas na solidão mais absoluta e que, ao mesmo tempo, tivesse certo sentido prático e eu não terminasse sendo uma carga para o meu povo.

O certo é que precisavam de um policial e me apresentei e os chefes, depois de olharem para mim, não tardaram nem meio minuto a me dar o serviço. Um ou outro deles, talvez todos, apesar de não comentarem por aí, sabiam de antemão que eu era um dos sobrinhos de Josefina, a Cantora. Meus irmãos e primos, o restante dos sobrinhos, não se destacavam em nada e eram felizes. Eu também, ao meu modo, era feliz, porém em mim se percebia o parentesco de sangue com Josefina, não à toa levo seu nome em versão masculina. Talvez isso tenha influenciado a decisão dos chefes de me dar o trabalho. Mas talvez não, e eu tenha sido o único a me apresentar no primeiro dia. Talvez esperassem que ninguém mais fosse aparecer e temeram que, caso demorassem, eu mudasse de ideia. A verdade é que não sei o que pensar. A única coisa certa é que virei policial e a partir do primeiro dia me dediquei a vagar pelos esgotos, às vezes pelos principais, por aqueles onde escorre água, outras vezes pelos secundários, onde estão os túneis que meu povo cavouca sem cessar, túneis que servem para chegar a outras fontes alimentícias ou que servem apenas para escapar ou para comunicar labirintos que, vistos superficialmente, carecem de sentido, mas que sem dúvida têm um sentido, formam parte da estrutura por onde meu povo se move e sobrevive.

Às vezes, em parte porque era meu trabalho e em parte porque me entediava, eu deixava os esgotos principais e secundários e me internava nas tubulações mortas, uma zona onde se moviam só nossos exploradores ou nossos homens de negócios, em grande parte das vezes fazendo isso acompanhados de suas famílias, por sua prole obediente. Lá, em geral, não havia nada, apenas ruídos atemorizantes, mas, às vezes, enquanto percorria com cautela esses lugares inóspitos, costumava encontrar o cadáver de um empresário ou os cadáveres de seus filhinhos. No princípio, quando ainda era inexperiente, esses achados me sobressaltavam, me alteravam até um ponto em que eu deixava de parecer comigo mesmo. O que fazia então era recolher a vítima, retirá-la dos túneis mortos e levá-la até o posto avançado da polícia onde nunca havia ninguém. Ali procedia a determinar por meus próprios meios e da melhor forma possível a causa da morte. Depois ia buscar o legista e este, caso se encontrasse bem-humorado, se vestia ou trocava de roupa, recolhia sua maleta e me acompanhava até o posto. Chegando lá, eu o deixava sozinho com o cadáver ou os cadáveres e voltava a sair. Por norma, depois de encontrar um cadáver, os policiais do meu povo não voltam ao local do crime e sim procuram, de maneira vã, misturar-se aos nossos semelhantes, participar dos trabalhos, tomar parte das conversas, só que eu era diferente, a mim não incomodava voltar a inspecionar o local do crime, procurar detalhes que tivessem passado despercebidos, reproduzir os passos trilhados pelas pobres vítimas ou farejar e examinar com muito cuidado, isso sim, em direção àquilo de que elas fugiam.

Depois de algumas horas, eu voltava ao posto avançado e encontrava, pregado na parede, o bilhete do legista. As causas das mortes: degolamento, morte por hemorragia, feridas nas patas, pescoços quebrados, meus semelhantes nunca se entregavam sem lutar, sem se debater até o último alento. O assassino costumava ser algum carnívoro perdido nos esgotos, uma serpente, às vezes até um jacaré cego. Persegui-los era inútil: provavelmente morreriam de inanição depois de pouco tempo.

Quando tirava uma folga, procurava a companhia de outros policiais. Conheci um, muito velho e fragilizado pela idade e pelo trabalho, que por sua vez tinha conhecido minha tia e que gostava de falar dela. Ninguém entendia Josefina, dizia, mas todos gostavam dela ou fingiam gostar, e ela era feliz assim ou fingia sê-lo. Aquelas palavras, como muitas outras que o velho policial pronunciava, soavam para mim como grego. Nunca entendi a música, uma arte que não praticamos ou que praticamos muito de vez em quando. Na verdade, não a praticamos e por isso não entendemos quase nenhuma arte. Às vezes surge um rato que pinta, digamos, ou um rato que escreve poemas e começa a recitá-los. Via de regra, não zombamos deles. Muito pelo contrário, nos compadecemos deles, pois sabemos que sua vida está condenada à solidão. Por que à solidão? Bem, porque entre os de nosso povo a arte e a contemplação da obra de arte é um exercício que não podemos praticar, dado que as exceções, os *diferentes*, são escassos e se, por exemplo, surge um poeta ou um vulgar declamador, o mais provável é que o próximo poeta ou declamador não nasça até a geração seguinte, daí que o poeta se vê privado daquele único que poderia apreciar seus esforços. Isso não quer dizer que nosso povo não se detenha em sua atividade cotidiana e o escute e inclusive o aplauda ou proponha uma moção para permitir que o declamador viva sem trabalhar. Pelo contrário, fazemos tudo que esteja em nossas mãos, o que não é muito, para fornecer ao *diferente* um simulacro de compreensão e de afeto, pois sabemos que é, basicamente, um ser necessitado de afeto. Ainda que com o tempo, como um castelo de cartas, todos os simulacros desabem. Vivemos em coletividade e a coletividade só necessita do trabalho diário, da ocupação constante de cada um de seus membros em uma finalidade que escapa aos afãs individuais e que, contudo, é a única coisa a garantir nossa existência como indivíduos.

De todos os artistas que tivemos, ou ao menos daqueles que ainda permanecem como esqueléticos pontos de interrogação em nossa memória, a maior, sem dúvida nenhuma, foi minha tia Josefina. Maior no sentido de que o que nos exigia era muito, algo enorme, incomensurável à medida em que a gente de meu povo concordou ou fingiu concordar com seus caprichos.

O policial velho gostava de falar dela, no entanto suas recordações, não tardei em me dar conta, eram voláteis como papel de cigarro. Dizia às vezes que Josefina era gorda e tirânica, uma pessoa cujo trato requeria extrema paciência ou extremo senso de sacrifício, duas virtudes que confluíam em mais de um ponto e que não escasseiam entre nós. Em outras ocasiões, só para variar, dizia que Josefina era uma sombra que ele, então um adolescente recém-ingressado na polícia, tinha visto apenas fugazmente. Uma sombra trêmula, seguida de guinchos estranhos que constituíam, naquela época, todo o seu repertório e que conseguiam deixar, não diria fora de si, mas sim em um grau de extrema tristeza certos espectadores das primeiras filas, ratos e ratazanas de quem já não temos mais nenhuma lembrança e que foram por acaso os únicos que entreviram algo na arte musical de minha tia. O quê? É provável que nem eles soubessem. Alguma coisa, um lago de vacuidade. Talvez algo parecido ao desejo de comer ou à necessidade de foder ou à vontade de dormir que às vezes nos acometem, pois quem não para de trabalhar precisa dormir de vez em quando, sobretudo no inverno, quando as temperaturas caem como dizem que caem as folhas das árvores no mundo exterior, e nosso corpo congelado nos pede um canto cálido junto de nossos semelhantes, um buraco aquecido por nossa pele, alguma confusão familiar, os ruídos nem vis nem nobres de nosso cotidiano noturno ou daquilo que o sentido prático nos leva a chamar de noturno.

O sono e o calor são os principais inconvenientes de ser policial. Costumamos dormir sozinhos, os policiais, em buracos improvisados, às vezes em territórios desconhecidos. É claro que sempre que possível procuramos pular esse costume. Às vezes nos aconchegamos em nossos próprios buracos, policiais por cima de policiais, todos em silêncio, todos de olhos fechados e com orelhas e focinhos em pé. Não costuma acontecer com muita frequência, mas de vez em quando acontece. Em outras situações nos enfiamos nos dormitórios daqueles que por um motivo ou outro vivem nos limites do perímetro. Eles, e não poderia ser de outra maneira, nos aceitam com naturalidade. Às vezes dizemos boa noite antes de cair exaustos em um cálido sono reparador. Outras vezes só grunhimos nosso nome, pois o pessoal sabe quem somos e não teme nada de nossa parte. Recebem a gente muito bem. Não fazem festa ou dão mostras de alegria nem nada disso, porém não nos expulsam de seus muquifos. Às vezes alguém, com a voz ainda congelada pelo sono, diz Pepe, o Tira, e eu respondo sim, sim, boa noite. Poucas horas depois, entretanto, enquanto o pessoal ainda dorme, me levanto e volto ao serviço, pois as obrigações de um policial não terminam jamais e nossos horários de descanso devem se ajustar à nossa atividade incessante. Percorrer os esgotos, além disso, é um trabalho que requer o máximo de concentração. Geralmente não vemos ninguém, não cruzamos com ninguém, podemos seguir as rotas principais e as rotas secundárias e nos enfiarmos pelos túneis que nossa própria gente construiu e que agora estão abandonados, e durante todo o trajeto acontecer de não toparmos com nenhum ser vivo.

Sombras sim percebemos, ruídos, objetos que caem na água, guinchos longínquos. No princípio, quando se é jovem, esses ruídos mantêm o policial em alerta permanente. Com o passar do tempo, claro, a gente se habitua a eles e, mesmo que procuremos ficar alertas, perdemos o medo e o integramos à rotina de cada dia, que vem a ser o mesmo que perdê-lo. Existem até mesmo policiais que dormem nos esgotos mortos. Nunca conheci nenhum, mas os velhos costumam contar histórias nas quais um policial, um policial de outros tempos, certamente, se sentia sono, punha-se a dormir em um esgoto morto. Quanto existe de verdade e quanto de brincadeira nessas histórias? Ignoro. Hoje em dia, nenhum policial se atreve a dormir por lá. Os esgotos mortos são lugares que por um motivo ou outro foram esquecidos. Os que cavoucam túneis, quando dão com um esgoto morto, bloqueiam o túnel. Lá se diz que a água residual flui gota a gota, por isso a podridão é insuportável. Pode-se afirmar que nosso povo só utiliza os esgotos mortos para fugir de uma zona a outra. A maneira mais rápida de chegar a elas é nadando, mas nadar nas proximidades de um lugar assim implica mais perigos do que normalmente aceitamos.

Foi em um esgoto morto que começou minha investigação. Um grupo dos nossos, batedores que com o passar do tempo tinham procriado e se estabelecido um pouco além do perímetro, veio à minha procura e me informou que a filha de uma das ratas veteranas tinha desaparecido. Enquanto metade do grupo trabalhava, a outra metade se empenhava em procurar essa jovem, que se chamava Elisa e que, segundo seus familiares e amigos, era belíssima e forte, além de possuir uma inteligência desperta. Eu não sabia com exatidão em que consistia uma inteligência desperta. Vagamente a associava com a alegria, mas não com a curiosidade. Naquele dia, eu estava cansado e, depois de examinar a zona na companhia de um de seus parentes, supus que a pobre Elisa havia sido vítima de algum predador que rodeava os entornos da nova colônia. Procurei rastros do predador. A única coisa que encontrei foram velhas marcas que indicavam que por ali, antes da chegada de nossos batedores, haviam passado outros seres.

Finalmente descobri um rastro de sangue fresco. Disse para o parente de Elisa voltar para a toca e a partir de então continuei desacompanhado. O rastro de sangue tinha uma peculiaridade que o tornava curioso: apesar de terminar perto de um dos canais, reaparecia alguns metros mais além (às vezes, *muitos* metros mais além), porém não do outro lado do canal, como teria sido natural, e sim do mesmo lado pelo qual havia submergido. Se não pretendia atravessar o canal, por que submergira tantas vezes? O rastro, por outro lado, era mínimo, levando a pensar que as medidas de precaução do predador, quem quer que fosse, pareciam à primeira vista exageradas. Depois de algum tempo, cheguei a um esgoto morto.

Entrei na água e nadei rumo ao dique que o lixo e a corrupção tinham formado com o passar do tempo. Quando cheguei, subi por uma praia de imundícies. Mais além, acima do nível da água, vi as grandes barras que coroavam a parte superior da entrada da tubulação. Por um instante temi encontrar o predador agachado em algum canto, fazendo um banquete com o corpo da desgraçada Elisa. Mas nada se ouvia, e segui avançando.

Alguns minutos mais tarde, descobri o corpo da jovem abandonado em um dos poucos lugares relativamente secos do esgoto, junto de papelões e latas de comida.

O pescoço de Elisa estava dilacerado. Além dessa, não consegui distinguir nenhuma outra ferida. Em uma das latas descobri os restos de um rato bebê. Examinei-o, devia estar morto pelo menos havia um mês. Procurei nos arredores e não encontrei o menor rastro do predador. O esqueleto do bebê estava inteiro. A única ferida que a desafortunada Elisa exibia era a que a matara. Comecei a pensar que talvez não tivesse sido um predador. Depois carreguei a jovem em minhas costas e com a boca segurei o bebê no alto, procurando não danificar sua pele com meus dentes afiados. Deixei o esgoto morto para trás e voltei para a toca dos batedores. A mãe de Elisa era grande e forte, um desses exemplares de nosso povo que podem enfrentar um gato, contudo ao ver o corpo de sua filha rompeu em longos soluços que fizeram ruborizar o restante de seus companheiros. Mostrei o corpo do bebê e perguntei se sabiam algo dele. Ninguém sabia de nada, nenhuma criança tinha sido perdida. Falei que devia levar ambos os corpos para a delegacia. Pedi ajuda. A mãe de Elisa carregou sua filha. Eu carreguei o bebê. Quando partimos, os batedores voltaram ao trabalho, a fazer túneis e a procurar comida.

Dessa vez fui procurar o legista e não o deixei enquanto não terminou de examinar os cadáveres. Em nossa companhia, adormecida, a mãe de Elisa era embalada de tanto em tanto por sonhos que lhe arrancavam palavras incompreensíveis e desconexas. Ao cabo de três horas, o legista já decidira o que ia me dizer, as suspeitas que eu temia. O bebê tinha morrido de fome. Elisa tinha morrido por causa da ferida no pescoço. Perguntei a ele se aquela ferida podia ter sido causada por uma serpente. Não creio, disse o legista, a menos que se trate de uma nova espécie. Perguntei a ele se aquela ferida podia ter sido causada por um jacaré cego. Impossível, disse o legista. Talvez uma doninha, disse. Ultimamente nos esgotos tem sido comum encontrar doninhas. Mortas de medo, eu falei. É verdade, disse o legista. A maioria morre de inanição. Elas se perdem, se afogam, são comidas pelos jacarés. Vamos esquecer as doninhas, disse o legista. Perguntei então se Elisa tinha lutado contra seu assassino. O legista permaneceu longo tempo olhando o cadáver da jovem. Não, disse. É o que eu pensava, falei. Enquanto falávamos, chegou outro policial. Sua ronda, ao contrário da minha, havia sido tranquila. Despertamos a mãe de Elisa. O legista se despediu de nós. Tudo terminou?, disse a mãe. Tudo terminou, eu falei. A mãe nos agradeceu e se foi. Pedi ao meu companheiro que ajudasse a me desfazer do cadáver de Elisa.

Entre os dois, o levamos a um canal onde a corrente era rápida e o jogamos ali. Por que não joga o corpo do bebê?, disse meu companheiro. Não sei, falei, quero estudá-lo, talvez a gente não tenha percebido algum detalhe. Depois ele voltou para sua zona e eu voltei para a minha. Eu fazia a mesma pergunta a todo rato que cruzava: sabe se alguém perdeu um bebê? As respostas eram variadas, mas via de regra nosso povo cuida de seus pequenos e o que o pessoal dizia, no fundo, dizia apenas de ouvir falar. Minha ronda me conduziu novamente ao perímetro. Todos estavam trabalhando em um túnel, incluindo a mãe de Elisa, cujo corpo largo e seboso mal cabia na fenda, mas cujos dentes e garras eram, ainda, os melhores para escavar.

Decidi então regressar ao esgoto morto e procurar o que me passou despercebido. Busquei pegadas e não encontrei nada. Marcas de violência. Sinais de vida. O bebê, parecia evidente, não chegara ao esgoto por suas próprias patas. Procurei restos de comida, vestígios secos de merda, uma toca, tudo inútil.

De repente, escutei um débil chapinhar. Me escondi. Logo vi aparecer na superfície da água uma serpente branca. Era gorda e devia medir um metro. Eu a vi submergir e reaparecer algumas vezes. Depois, com muita prudência, saiu da água e rastejou pela margem, produzindo um silvo semelhante ao do encanamento de gás. Para o nosso povo, ela era gás. Aproximou-se de onde eu me escondia. De sua posição era impossível um ataque direto, algo que em princípio me favorecia, o que me permitiria escapar (uma vez na água, no entanto, eu seria presa fácil) ou para cravar meus dentes em seu pescoço. Só quando a serpente se afastou sem ter dado mostras de ter me visto, compreendi que era uma serpente cega, uma descendente das que os seres humanos, quando se cansam delas, jogam nos sanitários. Por um instante, senti pena. Na verdade, o que fazia era celebrar minha boa sorte de forma indireta. Imaginei seus pais ou seus tataravós descendo pela infinita rede de tubulações de drenagem, imaginei-os grogues na escuridão dos esgotos, sem saber o que fazer, dispostos a morrer ou a sofrer, e também imaginei uns quantos que sobreviveram, eu os imaginei se adaptando a uma dieta infernal, imaginei-os exercendo seu poder, imaginei-os dormindo e morrendo nos intermináveis dias de inverno.

O medo, pelo visto, dispara a imaginação. Quando a serpente partiu, voltei a percorrer para baixo e para cima o esgoto morto. Não encontrei nada fora do normal.

No dia seguinte, voltei a falar com o legista. Pedi que desse outra olhada no cadáver do bebê. A princípio me olhou como se eu tivesse enlouquecido. Não se desfez dele?, me perguntou. Não, falei, quero que o examine mais uma vez. Finalmente me prometeu que faria isso, mas somente se naquele dia não tivesse demasiado trabalho. Durante minha ronda, à espera do resultado final do legista, me dediquei a procurar uma família que tivesse perdido seu bebê no lapso de um mês. Lamentavelmente as ocupações de nosso povo, sobretudo aqueles que vivem nos limites do perímetro, obrigam-nos a nos mover constantemente, e podia ser que a mãe daquele bebê morto agora estivesse atarefada, construindo túneis ou procurando comida a vários quilômetros dali. Como era previsível, de minhas investigações não consegui extrair nenhuma pista favorável.

Quando voltei à delegacia, encontrei um bilhete do legista e outro de meu superior imediato. Este me perguntava por que eu ainda não me desfizera do cadáver do bebê. O do legista reafirmava sua primeira conclusão: o cadáver não apresentava feridas, a morte se deveu à fome e possivelmente também ao frio. Os filhotes resistem mal à inclemência de certos climas. Permaneci meditando durante muito tempo. O bebê, como todos os bebês em uma situação semelhante, devia ter guinchado até se esganiçar por completo. Como foi possível que seus gritos não atraíssem algum predador? O assassino o sequestrara e depois se enfiara com ele pelos corredores pouco frequentados, até chegar ao esgoto morto. Já por ali, deixou o bebê tranquilo e aguardou que morresse de morte natural, por assim dizer. Era factível que a mesma pessoa que o sequestrou tivesse posteriormente assassinado Elisa? Sim, era o mais factível.

Então me ocorreu uma pergunta que não havia feito ao legista, portanto me levantei e fui procurá-lo. No caminho cruzei com muitos ratos confiantes, serelepes, concentrados em seus próprios problemas, que avançavam rápidos em uma ou outra direção. Alguns me saudaram afavelmente. Alguém disse: Olha, lá vai Pepe, o Tira. Eu só sentia o suor que começara a empapar toda a minha pelagem, como se acabasse de sair das águas estagnadas de um esgoto morto.

Encontrei o legista dormindo com cinco ou seis outros ratos. Eram todos, a julgar por seu cansaço, médicos ou estudantes de medicina. Quando consegui despertá-lo, olhou para mim como se não me reconhecesse. Quantos dias ele levou para morrer?, perguntei-lhe. José?, disse o legista. O que você quer? Quantos dias demora para um bebê morrer de fome? Saímos da toca. Maldita a hora em que virei patologista, disse o legista. Depois se pôs a pensar. Depende da constituição física do bebê. Às vezes dois dias são mais do que suficientes, mas um bebê gorducho e bem nutrido pode tardar cinco dias ou mais. E sem beber?, falei. Um pouco menos, disse o legista. E acrescentou: Não sei aonde quer chegar. Morreu de fome ou de sede?, eu falei. De fome. Tem certeza?, falei. Tanta certeza quanto se pode ter em um caso como esse, disse o legista.

Quando voltei para a delegacia, me pus a pensar: o bebê tinha sido sequestrado fazia um mês e provavelmente tardou três ou quatro dias para morrer. Durante esses dias, deve ter guinchado sem parar. Não obstante, nenhum predador foi atraído pelos ruídos. Regressei uma vez mais ao esgoto morto. Dessa vez sabia o que estava procurando e não demorei muito a encontrar: uma mordaça. Durante o tempo todo que durou sua agonia, o bebê estivera amordaçado. Na verdade, não o tempo todo. De vez em quando o assassino retirava a mordaça e lhe dava água ou então, sem tirar a mordaça, umedecia o trapo com água. Recolhi o que restava da mordaça e saí do esgoto morto.

Na delegacia, o legista me aguardava. Que encontrou agora, Pepe?, disse quando me viu. A mordaça, falei enquanto estendia para ele o trapo sujo. Durante alguns segundos, sem tocá-la, o legista a examinou. O cadáver do bebê continua aqui?, me perguntou. Falei que sim. Livre-se dele, disse, o pessoal começou a comentar sobre a tua conduta. Comentar ou questionar?, falei. Dá na mesma, disse o legista antes de se despedir. Senti um baita desânimo em trabalhar, porém me refiz e saí. Aquela ronda, fora os acidentes usuais que costumam perseguir com fidelidade e sanha qualquer movimento de nosso povo, não foi muito diferente de outras rondas de rotina. Ao voltar à delegacia, depois de horas de serviço extenuante, me desfiz do cadáver do bebê. Durante dias não aconteceu nada relevante. Houve vítimas de predadores, acidentes, velhos túneis que desabaram, um veneno que matou uns quantos dos nossos até descobrirmos a maneira de neutralizá-lo. Nossa história é a multiplicidade de formas com que eludimos as ratoeiras infinitas que se levantam à nossa passagem. Rotina e determinação. Recuperação de cadáveres e registro de incidentes. Dias idênticos e tranquilos. Até que encontrei o corpo de dois jovens ratos, uma fêmea e o outro macho.

Obtive a informação enquanto percorria os túneis. Os pais deles não se preocuparam: era provável, pensavam, que tivessem decidido viver juntos e mudar de toca. Quando eu já estava partindo, entretanto, sem dar demasiada importância ao duplo sumiço, um amigo de ambos me disse que nem o jovem Eustaquio nem a jovem Marisa jamais manifestaram tal intenção. Eram amigos, simplesmente, bons amigos, sobretudo se fosse levada em conta a peculiaridade de Eustaquio. Perguntei que tipo de peculiaridade era essa. Compunha e declamava versos, disse o amigo, o que o tornava claramente inábil para o trabalho. E qual era a de Marisa?, falei. Ela não, disse o amigo. Não o quê, eu falei. Não tinha nenhuma peculiaridade desse tipo. Para qualquer outro policial, essa informação teria parecido sem interesse. Em mim, despertou o instinto. Perguntei se nos arredores da toca havia algum esgoto morto. Me disseram que o mais próximo ficava a uns dois quilômetros dali, em um nível inferior. Dirigi meus passos naquela direção. No trajeto, encontrei um velho seguido de um grupo de filhotes. O velho falava dos perigos das doninhas. Nos cumprimentamos. Era um professor em plena excursão com alunos. Os filhotes ainda não estavam aptos para o trabalho, mas logo estariam. Perguntei-lhes se tinham visto algo estranho durante o passeio. Tudo é estranho, gritou o velho para mim enquanto nos afastávamos em direções opostas, o estranho é o normal, a febre é a saúde, o veneno é a comida. Depois se pôs a rir afavelmente e sua risada me seguiu inclusive quando me enfiei por outro túnel.

Depois de algum tempo, cheguei ao esgoto morto. Todas as tubulações de águas estagnadas são parecidas, entretanto consigo distinguir com pequena margem de erro se já estive ali ou se é a primeira vez que me introduzo em uma delas. Aquela eu não conhecia. Durante um tempo a examinei, para ver se encontrava algum modo de entrar sem me molhar. Então me lancei na água e deslizei até a tubulação. Enquanto nadava, acreditei ver ondas que subiam de uma ilha de detritos. Temi, é lógico, a aparição de uma serpente, e me aproximei a toda velocidade da ilha. O solo era macio e ao caminhar dava para enterrar as patas até os joelhos no limo esbranquiçado. O cheiro era o de todos os esgotos mortos: não da decomposição, mas da essência, o núcleo da decomposição. Pouco a pouco fui me deslocando de ilha em ilha. Volta e meia dava a impressão de que algo puxava meus pés, mas era só o lixo. Na última ilha, descobri os cadáveres. O jovem Eustaquio exibia uma única ferida na altura do pescoço. A jovem Marisa, ao contrário, se notava que havia lutado. Sua pele estava repleta de dentadas. Nos dentes e nas garras descobri sangue, o que permitia deduzir facilmente que o assassino estava ferido. Retirei os cadáveres do jeito que deu, primeiro um e depois o outro, para fora do esgoto morto. E assim tentei levá-los até o primeiro assentamento do povoado: primeiro carregava um e o deixava cinquenta metros adiante e daí voltava, pegava o outro e o depositava junto do primeiro. A certa altura, quando voltava para buscar o corpo da jovem Marisa, vi uma serpente branca que saíra do canal e se aproximava dela. Fiquei quieto. A serpente deu voltas ao cadáver e então o triturou. Quando começou a engoli-lo, dei meia-volta e saí correndo até onde tinha deixado o cadáver de Eustaquio. Teria gritado com toda a vontade, se pudesse. Mas nem um só gemido saiu de minha boca.

A partir daquele dia, minhas rondas se tornaram exaustivas. Não me restringia à rotina de policial que vigiava o perímetro e resolvia assuntos que qualquer um, com alguma dose de bom senso, poderia resolver. Todo dia visitava as tocas mais distantes. Falava, com as pessoas, de assuntos os mais inconsequentes. Conheci uma colônia de toupeiras que viviam entre nós trabalhando em subempregos. Conheci um velho rato branco, um rato branco que nem sequer lembrava mais que idade tinha e que na juventude fora inoculado com uma doença contagiosa, ele e muitos como ele, ratos brancos prisioneiros, que depois acabaram introduzidos no esgoto com a esperança de nos matar a todos. Muitos morreram, dizia o rato branco, que mal podia se movimentar, daí nos encontramos, ratos pretos e ratos brancos, e fodemos como loucos (como só se fode quando a morte se aproxima da gente) e por fim não só os ratos pretos foram imunizados, como surgiu uma nova espécie de ratos marrons, resistentes a qualquer contágio, a qualquer vírus estranho.

Gostei daquele rato branco que havia nascido, segundo ele, em um laboratório da superfície. A luz lá é cegante, dizia, tanto que os moradores do exterior nem sequer gostam dela. Você conhece as bocas dos esgotos, Pepe? Sim, já estive por lá uma vez ou outra, lhe respondia. Então você viu o rio onde caem todos os esgotos, viu os juncos, a areia quase branca? Sim, sempre de noite, lhe respondia. Então você viu a lua refletindo sobre o rio? Não me fixei muito na lua. Que foi que te chamou a atenção, então, Pepe? Os latidos dos cães. As matilhas que vivem nas margens do rio. E também a lua, reconheci, mas não deu para desfrutar muito de sua visão. A lua é encantadora, dizia o rato branco, e se alguma vez me perguntassem onde gostaria de viver, sem dúvida eu responderia que na lua.

Eu, como um habitante da lua, percorria os esgotos e dutos subterrâneos. Depois de certo tempo, encontrei mais uma vítima. Do mesmo jeito que com as anteriores, o assassino tinha depositado seu corpo em um esgoto morto. Carreguei-a até a delegacia. Naquela noite, voltei a falar com o legista. Mostrei-lhe que o rompimento no pescoço era similar ao das outras vítimas. Pode ser uma casualidade, disse. Tampouco come as vítimas, falei. O legista examinou o cadáver. Examine a ferida, falei, me diga que tipo de dentadura produz esse rasgão. Qualquer uma, qualquer uma, disse o legista. Não, qualquer uma não, eu falei, examine com cuidado. O que você quer que eu diga?, perguntou o legista. A verdade, eu falei. E qual é, segundo você, a verdade? Acredito que essas feridas foram produzidas por um rato, eu falei. Mas os ratos não matam ratos, disse o legista olhando outra vez para o cadáver. Este sim, eu falei. Então fui trabalhar e quando voltei à delegacia encontrei o legista e o delegado-chefe me esperando. O delegado não fez rodeios. Perguntou de onde eu tinha tirado a excêntrica ideia de que um rato fora o autor dos crimes. Quis saber se eu tinha ventilado minhas suspeitas por aí com mais alguém. Advertiu-me que não o fizesse. Deixe de devaneios, Pepe, disse, e se dedique a fazer seu serviço. A vida real já é complicada demais para se acrescentar elementos irreais que vão acabar deslocando-a. Eu estava morto de sono e perguntei o que ele queria dizer com a palavra *deslocar*. Quero dizer, disse o delegado olhando para o legista como se buscasse sua aprovação e dando às suas palavras um tom profundo e doce, que a vida, sobretudo se é breve, como desgraçadamente é nossa vida, deve tender em sentido à ordem, não à desordem, e menos ainda a uma desordem imaginária. O legista me olhou com ar severo e concordou. Eu também concordei.

    Mas continuei alerta. Por alguns dias o assassino pareceu se esvanecer. Toda vez que me deslocava até o perímetro e encontrava colônias desconhecidas, costumava perguntar pela primeira vítima, o bebê que morrera de fome. Finalmente um velho rato explorador me falou de uma mãe que tinha perdido seu bebê. Pensaram que havia caído no canal ou sido levado por algum predador, disse. Além disso, tratava-se de um grupo no qual os adultos eram poucos e as crias, numerosas, e não se esforçaram muito procurando o bebê. Pouco depois partiram para a zona norte dos esgotos, para perto de um grande poço, e o rato explorador os perdeu de vista. Me dediquei, no tempo livre, a procurar aquele grupo. Evidentemente, agora as crias deviam estar crescidas e a colônia seria maior e até podia ser que o sumiço do bebê tivesse caído no esquecimento. Mas se desse sorte em encontrar a mãe do bebê, ela ainda poderia me explicar algumas coisas. O assassino, enquanto isso, se movimentava por aí. Uma noite, encontrei no necrotério um cadáver cuja ferida, o corte quase limpo na garganta, era idêntica àquela infligida habitualmente pelo assassino. Falei com o policial que encontrara o cadáver. Perguntei se acreditava que podia ter sido um predador. Quem mais poderia ser?, respondeu. Ou por acaso acredita que foi um acidente, Pepe? Um acidente, pensei. Um acidente permanente. Perguntei onde ele encontrara o cadáver. Em um esgoto morto da zona sul, respondeu. Recomendei que vigiasse bem os esgotos mortos daquela zona. Por quê?, quis saber. Porque nunca se sabe o que pode se encontrar neles. Olhou para mim como se eu estivesse louco. Você está cansado, falou para mim, vamos dormir. Nos enfiamos juntos no quarto da delegacia. O ar estava quente. Perto de nós roncava outro rato policial. Boa noite, disse meu companheiro. Boa noite, falei, mas não consegui dormir. Comecei a pensar na mobilidade do assassino, que às vezes agia na zona norte e em outras na zona sul. Depois de me revirar várias vezes, me levantei.

Com passos vacilantes me dirigi rumo ao norte. No caminho cruzei com alguns ratos que se deslocavam a fim de trabalhar na penumbra dos túneis, confiantes e decididos. Ouvi alguns jovenzinhos dizerem Pepe, o Tira, Pepe, o Tira, e rirem em seguida, como se meu apelido fosse o mais divertido do mundo. Ou quem sabe suas risadas obedeciam a outro motivo. De qualquer modo, nem sequer parei.

Os túneis, pouco a pouco, foram se esvaziando. Muito de vez em quando eu cruzava com um par de ratos ou os escutava à distância, atarefados em outros túneis, ou vislumbrava suas sombras remexendo algo que podia ser comida ou podia ser veneno. Depois de certo tempo os ruídos cessaram, e dava para ouvir apenas o som de meu coração e o interminável gotejar que nunca cessa em nosso mundo. Quando encontrei o grande poço, uma baforada de morte me deixou ainda mais precavido. Ali jaziam os restos de dois cães de tamanho médio, rígidos, com as patas levantadas, semidevorados pelas larvas.

Mais à frente, igualmente beneficiados pelos restos caninos, encontrei a colônia de ratos que andava procurando. Viviam nos limites do esgoto, com todos os perigos que isso significa, mas também com o benefício da comida, que nunca escasseava nas fronteiras. Encontrei-os reunidos em uma pracinha. Eram grandes e gordos e seus pelos eram lustrosos. Tinham a expressão grave daqueles que vivem em perigo constante. Quando falei a eles que era policial, fizeram olhar de desconfiados. Quando falei a eles que procurava uma rata que perdera seu bebê, ninguém respondeu, mas, graças aos seus gestos, de imediato me dei conta de que a busca, ao menos nesse sentido, tinha terminado. Descrevi então o bebê, sua idade, o esgoto morto onde o encontrara, o jeito que havia morrido. Uma das ratas disse que era seu filho. O que está procurando?, disseram os outros.

Justiça, falei. Procuro o assassino.

A mais velha, com o pelo cheio de suturas e respirando feito um fole, perguntou se eu acreditava que o assassino era um deles. Pode ser, falei. Um rato?, disse a ratazana velha. Pode ser, falei. A mãe disse que seu bebê costumava sair sozinho. Mas não poderia chegar sozinho ao esgoto morto, respondi. Talvez tenha sido levado por um predador, disse um rato jovem. Se tivesse sido levado por um predador, teria sido comido. Mataram o bebê por prazer, não por fome.

Todos os ratos, tal como eu esperava, negaram com a cabeça. Isso é impensável, disseram. Não existe ninguém em nosso povo que esteja tão louco a ponto de fazer isso. Ainda escaldado pelas palavras do delegado de polícia, preferi não contrariar ninguém. Conduzi a mãe para um canto apartado e procurei consolá-la, ainda que depois de três meses, na verdade, que era o tempo que havia se passado, a dor da perda tivesse se atenuado consideravelmente. A mesma rata me contou que tinha outros filhos, uns maiores, a quem custava reconhecer quando os via, e outros menores do que o que estava morto, já trabalhando e encontrando com sucesso sua própria comida. Assim mesmo insisti que ela recordasse o dia do desaparecimento do bebê. No começo, a rata fez uma confusão. Confundia datas e inclusive confundia bebês. Alarmado, perguntei se perdera mais de um e me tranquilizou, dizendo que não, que os bebês, normalmente, se perdem, mas só por algumas horas, e logo regressam sozinhos à toca ou algum rato do mesmo grupo os acaba encontrando, atraído por seus berros. Seu filho também chorou, falei um pouco incomodado por sua expressão satisfeita, porém o assassino o manteve amordaçado quase o tempo todo.

Não pareceu se comover, então voltei ao dia de seu desaparecimento. Não vivíamos aqui, disse, mas em uma tubulação do interior. Perto de nós vivia um grupo de exploradores que foram os primeiros a se instalar na zona e em seguida chegou outro grupo, mais numeroso, e então decidimos ir embora porque não havia muito o que fazer, a não ser zanzar pelos túneis. Mas as crianças estavam bem alimentadas, observei. Comida não faltava, disse a rata, só que precisávamos buscá-la lá fora. Os exploradores abriram túneis que levavam diretamente às zonas superiores, daí não havia veneno nem ratoeira que pudesse nos deter. Subíamos todos os grupos ao menos duas vezes ao dia até a superfície e alguns ratos passavam dias inteiros por lá, vagando entre velhos edifícios semiarruinados, deslocando-se pelo interior oco das paredes, e alguns nunca mais voltaram.

Perguntei se estavam no exterior no dia em que o bebê desapareceu. Trabalhávamos nos túneis, alguns dormiam e outros, provavelmente, estavam no exterior, respondeu. Perguntei se não havia notado nada estranho em alguém do grupo. Estranho? Um jeito de se comportar, atitudes que saem do comum, ausências prolongadas e sem justificativa. Disse que não: como eu devia saber muito bem, em nosso povo os ratos se comportam de uma maneira e outras vezes de outra, dependendo da situação, à qual procuramos nos adaptar com rapidez e a maior perfeição possível. Pouco tempo depois do sumiço do bebê, por outro lado, o grupo partiu em busca de uma zona menos perigosa. Não conseguiria extrair mais nada daquela rata trabalhadora e simples. Me despedi do grupo e abandonei a tubulação onde ficava a toca.

Naquele dia, porém, não voltei para a delegacia. No meio do caminho, quando me senti seguro de não ter sido seguido por ninguém, regressei aos arredores da toca e procurei um esgoto morto. Depois de algum tempo o encontrei. Era pequeno, e a pestilência ainda não passava de certos limites. Examinei-o de cima a baixo. A pessoa que eu procurava não parecia ter agido por ali. Tampouco encontrei indícios de predadores. Apesar de não existir um só canto seco, decidi permanecer. Como pude, a fim de passar um tempo minimamente cômodo, juntei papelões molhados e pedaços de plástico que encontrei e me acomodei sobre eles. Imaginei que o calor de meu pelo em contato com a umidade produzia pequenas nuvens de vapor. Por momentos o vapor conseguia me adormecer e por momentos se convertia no domo em cujo interior eu era invulnerável. Estava a ponto de adormecer de uma vez, quando ouvi vozes.

    Depois de um tempo, eu os vi aparecerem. Eram dois ratos, jovens machos, que falavam animados. Reconheci um deles de imediato: vira-o no grupo que tinha acabado de visitar. O outro rato era completamente desconhecido, quem sabe estivesse trabalhando quando cheguei, ou talvez pertencesse a outro grupo. A discussão que sustentavam era acalorada, mas sem ultrapassar os bons modos de cortesia entre iguais. Os argumentos que ambos esgrimiam me pareceram incompreensíveis, em primeiro lugar porque ainda estavam demasiado longe de mim (ainda que estivessem vindo com suas patinhas chapinhando na água rasa, em direção ao meu esconderijo) e em segundo lugar porque as palavras que empregavam pertenciam a outra língua, uma língua imposta e alheia a mim que odiei de imediato, palavras que eram ideias ou pictogramas, palavras que rastejavam por trás da palavra liberdade como o fogo rasteja, como costumam dizer, do outro lado dos túneis, convertendo-os em fornos.

    De boa vontade teria escapado dali em silêncio. Meu instinto de policial, contudo, me fez compreender que, se eu não interviesse, logo haveria outro assassinato. De um pulo abandonei os papelões. Os dois ratos permaneceram paralisados. Boa noite, falei. Perguntei se pertenciam ao mesmo grupo. Negaram com a cabeça.

    Você aí, apontei com a garra para o rato que eu não conhecia, fora daqui. O jovem rato, ao que parecia, era orgulhoso e hesitou. Fora daqui, sou policial, falei, sou Pepe, o Tira, gritei. Então olhou para o amigo dele, deu meia-volta e foi embora. Cuidado com os predadores, falei antes que sumisse detrás de uma barragem de lixo, nos esgotos mortos ninguém vai te socorrer se você for atacado por um predador.

O outro rato não se preocupou nem ao menos em se despedir do amigo. Permaneceu junto de mim, quieto, aguardando o momento em que ficaríamos a sós, seus olhinhos pensativos fixados em mim da mesma maneira, suponho, que meus olhinhos pensativos o estudavam. Por fim te peguei, falei quando ficamos a sós. Não me respondeu. Como se chama?, perguntei. Héctor, disse. Sua voz, agora que falava comigo, não era diferente dos milhares de vozes que já ouvira antes. Por que matou o bebê?, murmurei. Não respondeu. Por um instante tive medo. Héctor era forte, provavelmente mais volumoso do que eu, além de mais jovem, mas eu era policial, pensei.

Agora vou amarrar tuas patas e amordaçar o focinho e te levar para a delegacia, falei. Acho que sorriu, porém não poderia assegurar isso. Você está com mais medo do que eu, disse, e olhe que estou com muito medo. Não acredito nisso, falei, você não tem medo, está doente, é um predador bastardo e mesquinho. Héctor deu risada. É claro que você tem medo, disse. Muito mais medo do que tua tia Josefina tinha. Ouviu falar de Josefina?, falei. Ouvi falar, disse. Quem não ouviu falar dela? Minha tia não tinha medo, falei, era uma pobre louca, uma pobre sonhadora, mas não tinha medo.

Está equivocado: morria de medo, disse olhando distraído para os lados, como se estivéssemos rodeados de presenças fantasmagóricas e ele requisitasse sem ênfase sua aquiescência. Aqueles que a escutavam estavam mortos de medo, ainda que não o soubessem. Porém Josefina estava mais do que morta: a cada dia morria no centro do medo e ressuscitava no medo. Palavras, falei como se cuspisse. Agora fique de boca para baixo e me deixe amarrar teu focinho primeiro, falei sacando uma corda que tinha trazido com essa finalidade. Héctor bufou.

Você não está entendendo nada, disse. Acredita que ao me deter os crimes acabarão? Acredita que teus chefes farão justiça comigo? É provável que me despedacem em segredo e joguem meus restos lá onde passam os predadores. Você é um maldito predador, falei. Eu sou um rato livre, respondeu com insolência. Posso habitar o medo e sei perfeitamente para onde se encaminha nosso povo. Havia tanta presunção em suas palavras que preferi não lhe responder. Você é jovem, falei para ele. Talvez exista uma maneira de curar você. Nós não matamos nossos semelhantes. E quem vai curar você, Pepe?, perguntou. Que médicos vão curar teus chefes? Boca para baixo, falei. Héctor olhou para mim e soltei a corda. Nos engalfinhamos em uma luta até a morte.

Ao fim de dez minutos que me pareceram eternos seu corpo jazia ao meu lado com o pescoço destroçado por uma mordida. De minha parte, eu tinha as costas cheias de feridas e o focinho rasgado e não via nada com o olho esquerdo. Voltei com o cadáver para a delegacia. Os poucos ratos com quem cruzei acreditaram, certamente, que Héctor havia sido vítima de um predador. Depositei seu corpo no necrotério e fui buscar o legista. Está tudo solucionado, foi a primeira coisa que consegui articular. Em seguida me deixei cair e esperei. O legista examinou minhas feridas e suturou meu focinho e minha pálpebra. Enquanto fazia isso, quis saber como aquilo tinha acontecido. Encontrei o assassino, falei. O prendi, lutamos. O legista disse que teria de chamar o delegado. Estalou a língua e do escuro saiu um adolescente magro e sonolento. Deduzi que era um estudante de medicina. O legista o encarregou de ir até a toca do delegado lhe dizer que o aguardavam, ele e Pepe, o Tira, na delegacia. O adolescente concordou e sumiu. Em seguida, o legista e eu nos dirigimos ao necrotério.

O cadáver de Héctor continuava lá e o brilho de sua pelagem começava a se tornar fosco. Agora só era um cadáver a mais, entre muitos outros cadáveres. Enquanto o legista o examinava, me pus a dormir em um canto. Fui despertado pela voz do delegado e por umas sacudidas. Levante, Pepe, disse o legista. Segui os dois. O delegado e o legista caminhavam apressados entre túneis que eu não conhecia. Detrás deles, contemplando suas caudas, ia eu, meio adormecido e sentindo as costas arderem muito. Não tardamos a chegar a uma toca vazia. Em uma espécie de trono (ou talvez fosse um berço) fervia uma sombra. O delegado e o legista disseram que eu avançasse.

Conte a história para mim, disse uma voz que era muitas vozes e que provinha da escuridão. A princípio senti pavor e recuei, mas não tardei a entender que se tratava de uma ratazana rainha muito velha, composta de várias ratazanas cujas caudas se enovelaram na primeira infância, impossibilitando-as para o trabalho mas lhes concedendo, por outro lado, a sabedoria necessária para aconselhar nosso povo em situações extraordinárias. Portanto, relatei a história do princípio ao fim, e procurei que minhas palavras fossem desapaixonadas e objetivas, como se estivesse redigindo um relatório. Quando terminei, a voz que era muitas vozes e que emanava da escuridão me perguntou se eu era o sobrinho de Josefina, a Cantora. Sim, falei. Nós nascemos quando Josefina ainda estava viva, disse a ratazana rainha, e se moveu com grande esforço. Eu distingui um enorme novelo escuro repleto de olhinhos velados pelos anos. Supus que a ratazana rainha era gorda e que a imundicie terminara por imobilizar suas patas traseiras. Uma anomalia, ela disse. Demorei a compreender que se referia a Héctor. Um veneno que não vai nos impedir de continuar a viver, disse. De certa maneira, um louco e individualista, ela disse. Tem algo que não entendo, falei. O delegado me tocou o ombro com sua garra, como se fosse para me impedir de falar, porém a ratazana rainha me pediu que explicasse o que era que eu não entendia. Por que matou o bebê de fome, por que não destroçou sua garganta como a das outras vítimas? Durante alguns segundos, só ouvi suspiros da sombra que fervia.

Talvez, disse depois de um tempo, quisesse presenciar o processo da morte do princípio até o fim, sem interferir ou interferindo o mínimo possível. E, ao final de outro silêncio interminável, acrescentou: recordemos que estava louco, que se tratava de uma teratologia. Ratos não matam ratos.

Baixei a cabeça e não sei quanto tempo fiquei assim. É possível que até tenha dormido. Então senti outra vez a garra do delegado em meu ombro e sua voz ordenando que o seguisse. Refizemos o caminho de volta em silêncio. No necrotério, o cadáver de Héctor, tal como temia, tinha desaparecido. Perguntei onde estava. Espero que na pança de algum predador, disse o delegado. Em seguida, tive de ouvir o que já sabia. Estava terminantemente proibido de falar sobre o caso de Héctor com qualquer pessoa. O caso estava encerrado e o melhor a fazer era esquecê-lo e seguir vivendo e trabalhando.

Nessa noite não quis dormir na delegacia e cavei um canto em uma toca cheia de ratazanas tenazes e sujas. Quando despertei, estava sozinho. Naquela noite sonhei que um vírus desconhecido tinha infectado nosso povo. Os ratos somos capazes de matar os ratos. Essa frase permaneceu ressoando em minha abóbada craniana até que despertei. Sabia que nada voltaria a ser como antes. Sabia que era só uma questão de tempo. Nossa capacidade de adaptação ao meio, nossa natureza laboriosa, nossa longa marcha coletiva em busca de uma felicidade que no fundo sabíamos inexistente, mas que nos servia de pretexto, de pano de fundo para nossos heroísmos cotidianos, estavam condenadas a desaparecer, o que equivalia a dizer que nós, como povo, também estávamos condenados a desaparecer.

Voltei, porque não podia fazer outra coisa, às rondas de rotina: um policial morreu despedaçado por um predador. Tivemos, mais uma vez, um ataque com veneno procedente do exterior que dizimou uns tantos. Alguns túneis inundaram. No entanto, uma noite cedi à febre que devorava meu corpo e me encaminhei até um esgoto morto.

Não consigo precisar se era o mesmo esgoto onde encontrei alguma das vítimas ou se, pelo contrário, tratava-se de um esgoto que eu não conhecia. No fundo, todos os esgotos mortos são iguais. Durante muito tempo permaneci ali, agachado, esperando. Não aconteceu nada. Chegaram apenas ruídos distantes, um chapinhar cuja origem não pude identificar. Ao voltar para a delegacia, com os olhos avermelhados por causa da vigília prolongada, encontrei alguns ratos que juravam ter visto nos túneis vizinhos um casal de doninhas. Um policial novo estava com eles. Olhou para mim, esperando um sinal de minha parte. As doninhas tinham encurralado três ratas e vários filhotes, presos no fundo do túnel. Se esperarmos reforços será tarde demais, disse o policial novo.

Tarde demais para quê?, perguntei com um bocejo. Para os filhotes e para as babás, respondeu. Já é tarde demais para tudo, pensei. E também pensei: em que momento ficou demasiado tarde? Na época de minha tia Josefina? Cem anos antes? Mil anos antes? Três mil anos antes? Não estamos, por acaso, condenados desde o princípio de nossa espécie? O policial me olhou, aguardando um gesto de minha parte. Era jovem e certamente não estava havia mais de uma semana no serviço. Ao nosso redor alguns ratos cochichavam, outros colavam suas orelhas nas paredes do túnel, a maioria tinha de fazer um grande esforço para não tremer e depois fugir. O que você propõe?, perguntei. O que manda o regulamento, respondeu o policial, entrarmos no túnel e resgatarmos as crias.

Já enfrentou alguma vez uma doninha? Está disposto a ser despedaçado por uma doninha?, falei. Sei lutar, Pepe, respondeu.

Atingido esse ponto eu podia dizer pouco, então me levantei e ordenei que ficasse atrás de mim. O túnel era negro e fedia a doninha, mas eu sei me mover na escuridão. Dois ratos se ofereceram como voluntários e nos seguiram.

A viagem de Álvaro Rousselot

para Carmen Pérez de Vega

O estranho caso de Álvaro Rousselot merece, se não um lugar destacado nos anais do mistério literário, no mínimo nossa atenção ou pelo menos um minuto de nossa atenção.

Como sem dúvida recordarão todos os aficionados da literatura argentina de meados do século XX, que não sobram mas também não faltam, Rousselot foi um prosador ameno e pródigo em argumentos originais, com um castelhano bem construído no qual por outra parte não escasseavam, se a trama assim o exigisse, as imersões no lunfardo, sem demasiadas complicações formais, ou ao menos isso era o que acreditávamos seus leitores mais fiéis.

Com o tempo — esse personagem mais do que sinistro, eminentemente zombeteiro —, a simplicidade de Rousselot já não nos parece tamanha. Ele, talvez, fosse complicado, e até *muito* mais complicado do que pensávamos. Mas também existe outra explicação: pode ser que fosse apenas mais uma vítima do acaso.

Isso costuma ser comum entre os que amam a literatura. Na verdade, isso é comum entre os que amam qualquer coisa.

Todos terminamos nos convertendo em vítimas do objeto de nossa adoração, talvez porque toda paixão tenda — com mais rapidez do que outras emoções humanas — a se encaminhar para seu próprio fim, quem sabe graças à excessiva proximidade do objeto de desejo.

O certo é que Rousselot amava a literatura tanto como qualquer um de seus companheiros de geração e da geração precedente e da posterior, amava a literatura sem alimentar demasiadas ilusões a respeito, como muitos argentinos. Com isso quero dizer que não era lá tão diferente dos demais. Contudo, aos outros, aos seus pares, ao seus companheiros de alegrias mínimas ou de martírio, não lhes ocorreu nada nem remotamente parecido ao que aconteceu com ele.

Atingido esse ponto é possível argumentar, com alguma razão, que aos outros o destino lhes reservava seu próprio inferno, sua própria singularidade. Ángela Caputo, por exemplo, se suicidou de uma forma inimaginável e ninguém que tivesse lido seus poemas, impregnados de uma escorregadia atmosfera infantil, teria sido capaz de adivinhar morte tão atroz em meio a um cenário milimetricamente calculado para produzir pavor. Ou Sánchez Brady, que escrevia textos herméticos e cuja vida se viu truncada pelos militares na década de 1970, quando já tinha mais de cinquenta anos e a literatura (e o mundo) já haviam deixado de interessar.

Mortes e destinos paradoxais, mas que não diminuem o destino de Rousselot, a anomalia que rodeou imperceptivelmente suas jornadas, a consciência de que seu trabalho, sua escrita, se localizava ou atingia uma fronteira ou uma borda da qual ignorava quase tudo.

Sua história pode ser explicada com simplicidade, talvez porque no fundo seja mesmo uma história simples. Em 1950, com a idade de trinta anos, Rousselot publicou seu primeiro livro, de título bastante sóbrio: *Solidão*. O romance trata da passagem dos dias em uma penitenciária perdida na Patagônia. Como é natural, abundam as confissões que evocam vidas passadas, instantes de felicidade perdidos, e também abunda a violência. Na metade do livro nos damos conta de que a maioria dos personagens está morta. Quando só faltam trinta páginas para o fim, compreendemos de golpe que *todos* estão mortos, menos um, só que nunca nos é revelado quem é o único personagem vivo. O romance não fez muito sucesso em Buenos Aires, foram vendidos menos de mil exemplares, mas graças a alguns amigos de Rousselot gozou do privilégio de uma tradução ao francês em uma editora de certo prestígio, que apareceria em 1954. Solidão, que no país de Victor Hugo se chamou *As noites do pampa*, passou despercebido a não ser para dois críticos literários que o resenharam, um de forma amistosa, o outro com entusiasmo talvez excessivo, e em seguida se perdeu no limbo das últimas prateleiras ou nas mesas lotadas das livrarias de usados.

No entanto, ao final de 1957 estreou um filme, *As vozes perdidas*, do diretor francês Guy Morini, que, para qualquer um que tivesse lido o livro de Rousselot, parecia uma hábil releitura de *Solidão*. O filme de Morini começava e terminava de forma diametricamente diversa, mas digamos que o tronco ou a parte central da fita eram exatamente os mesmos. Não creio que seja reproduzível a estupefação de Rousselot quando, em uma sala escura e semivazia de um cinema de Buenos Aires, contemplou a obra pela primeira vez. Naturalmente, pensou que havia sido vítima de um plágio. Com o passar dos dias lhe ocorreram outras explicações, mas prevaleceu a ideia de ter caído nas mãos de um plagiário. Dos amigos que, advertidos, viram o filme, metade foi partidária de processar a produtora e a outra metade opinou, com diversos matizes, que essas coisas costumavam acontecer, e se referiram ao caso de Brahms. Por então Rousselot já havia publicado um segundo romance, *Os arquivos da rua Perú*, de tema detetivesco, cujo argumento girava em torno da aparição de três cadáveres em três lugares distintos de Buenos Aires, os dois primeiros assassinados pelo terceiro, e o terceiro por sua vez assassinado por um desconhecido.

O romance não era o que cabia esperar do autor de *Solidão*, porém a crítica o tratou bem, ainda que de todas as obras de Rousselot talvez seja a menos bem-sucedida. Quando estreou o primeiro filme de Morini em Buenos Aires, *Os arquivos da rua Perú* já rondava fazia quase um ano pelas livrarias portenhas e Rousselot se casara com María Eugenia Carrasco, uma jovem que frequentava os círculos literários da capital, e havia começado a trabalhar no escritório de advogados Zimmerman & Gurruchaga.

Sua vida era ordenada: se levantava às seis da manhã e escrevia ou tentava escrever até as oito, momento em que interrompia seu trato com as musas, tomava uma ducha e partia correndo para o escritório, onde chegava faltando quinze ou dez minutos para as nove. Passava quase todas as manhãs revisando arquivos ou visitando tribunais. Às duas voltava para casa, almoçava com a mulher e de tarde voltava ao escritório. Às sete costumava tomar um trago com outros advogados e às oito da noite, o mais tardar, estava de volta em casa, onde a novíssima sra. Rousselot o esperava com o jantar pronto, depois do qual Álvaro se punha a ler enquanto María Eugenia escutava rádio. Aos sábados e domingos escrevia um pouco mais e à noite saía, sem a mulher, para ver seus amigos literatos.

A estreia de *As vozes perdidas* lhe angariou uma fama que transcendeu modestamente os limites de seu pequeno grupo. Seu melhor amigo no escritório, que não estava interessado em literatura, aconselhou-o a processar Morini por plágio. Rousselot, depois de pensar com calma, optou por não fazer nada. Depois de *Os arquivos da rua Perú*, publicou um pequeno volume de contos e quase sem demora apareceu seu terceiro romance, *Vida de recém-casado*, no qual, como seu título indica, narrava os primeiros meses de um homem que se casa com uma mulher acreditando conhecê-la e que, com o avançar dos dias, se dá conta de um tremendo equívoco: sua mulher não somente é uma desconhecida, mas um tipo de monstra que ameaça inclusive sua integridade física. Mesmo assim o sujeito gosta dela (ou melhor dizendo, descobre uma atração física por ela que antes não sentia) e aguenta até não poder mais e então foge.

O romance, evidentemente, era de caráter humorístico, e assim os leitores o entenderam, para surpresa de Rousselot e de seu editor: em três meses a primeira edição se esgotou e depois de um ano já haviam vendido mais de quinze mil exemplares. Da noite para o dia o nome de Rousselot saltou da semipenumbra confortável para o estrelato provisório. Não achou nada mal. Com o dinheiro das vendas, pagou umas férias em Punta del Este na companhia da esposa e de sua cunhada, onde, enquanto María Eugenia e sua irmã brincavam à beira-mar, se dedicou a ler *À procura do tempo perdido* às escondidas, pois mentira para todos que lera Proust e agora desejava corrigir isso, a mentira mas sobretudo a lacuna que significava não ter lido o mais ilustre dos romancistas franceses.

Teria valido mais a pena se tivesse lido os cabalistas. Sete meses depois de suas férias em Punta del Este, quando ainda não havia saído a versão francesa de *Vida de recém-casado*, estreou em Buenos Aires o último filme de Morini, *Contornos do dia*, que era exatamente igual a *Vida de recém-casado*, porém melhor, quer dizer: corrigido e aumentado de forma considerável, com um método que recordava em certo sentido o que fizera em seu primeiro filme, comprimindo o argumento de Rousselot na parte central e deixando o princípio e o fim do filme como comentários sobre a história central (ou saídas falsas e verdadeiras dela, digressões que não levavam a lugar nenhum — e nisso residia sua graça —, afrescos da vida dos personagens secundários).

O desgosto de Rousselot dessa vez foi maiúsculo. Durante uma semana, seu affaire com Morini foi a fofoca do mundo literário argentino. Mas quando todos pensavam que dessa vez a ação por plágio não tardaria a ocorrer, Rousselot decidiu, diante da surpresa daqueles que esperavam uma atitude firme e decidida, que nada faria. Poucos compreenderam sua decisão. Não houve gritos, não houve chamados à honra nem à integridade do artista. Rousselot, após a surpresa e a indignação inicial, simplesmente optou por não fazer nada, ao menos nada no sentido jurídico, e esperou. Algo em seu íntimo, que podemos considerar sem grande chance de erro como o espírito do escritor, o pôs em um limbo de aparente passividade e começou a blindá-lo ou a mudá-lo, quem sabe preparando-o para futuras surpresas.

Além disso, sua vida como escritor e como homem já havia experimentado mudanças suficientes para preencher qualquer expectativa razoável: seus livros recebiam boas críticas e eram lidos, inclusive proporcionando-lhe ganhos extras, e sua vida familiar logo se viu enriquecida com a notícia de que María Eugenia seria mãe. Quando o terceiro filme de Morini chegou a Buenos Aires, Rousselot se trancou em casa e conseguiu suportar uma semana sem correr ao cinema feito um possesso. Tampouco permitiu que seus amigos lhe contassem o argumento. Sua ideia inicial era não assisti-lo, mas ao fim de uma semana não aguentou mais e uma noite, resignado, saiu ao cinema de braço dado com a esposa depois de beijar seu filho, que ficou aos cuidados da babá, com o coração destroçado como se partisse para uma guerra e nunca mais fosse vê-lo.

O filme de Morini se chamava *A desaparecida* e não tinha nada em comum com nenhuma obra de Rousselot, tampouco com os dois primeiros filmes de Morini. Ao sair da sala, sua mulher comentou que o achara ruim, aborrecido. Álvaro Rousselot foi comedido ao emitir sua opinião, mas no fundo pensava igual. Alguns meses depois, Rousselot publicou seu romance seguinte, o mais longo de todos (duzentas e seis páginas), A *família do malabarista*, no qual abandonava o estilo fantástico e detetivesco dos romances anteriores e experimentava com algo que, com esforço, poderíamos chamar de romance coral, romance polifônico, estilo que nele resultava de certa forma antinatural, forçado, mas que se salvava pela honra e pela simplicidade de seus personagens, por um naturalismo que evitava graciosamente os tiques do romance naturalista, graças às histórias que contava, histórias mínimas e valentes, histórias felizes e inúteis das quais emanava, invicta, a essência da argentinidade.

Foi, sem dúvida, o maior sucesso de Rousselot, o livro que levou todos os seus livros anteriores à reimpressão, e a coroação foi o Prêmio Municipal de Literatura, em cuja entrega Rousselot foi ungido como uma das cinco promessas mais rutilantes da nova literatura argentina. Mas essa é outra história. As promessas mais rutilantes de qualquer literatura, como se sabe, são flores de um só dia, e ainda que o dia seja breve e estrito ou se alongue por mais de dez ou vinte anos, finalmente termina.

Os franceses, que desconfiam por princípio de nossos prêmios municipais de literatura, demoraram a traduzir e publicar A *família do malabarista*. À época, o prestígio do romance latino-americano havia se trasladado para climas mais quentes do que os de Buenos Aires. Quando o romance apareceu em Paris, Morini já tinha filmado seus quarto e quinto filmes, uma história de detetives franceses convencional mas simpática, e uma confusão que se pretendia humorística sobre as férias de uma família em Saint-Tropez, respectivamente.

Ambos os filmes chegaram à Argentina e Rousselot comprovou com alívio que em nada se pareciam com qualquer coisa que ele tivesse escrito. Era como se Morini se afastasse dele ou como se Morini, oprimido pelas dívidas ou absorvido pelo redemoinho da indústria cinematográfica, tivesse suspendido sua comunicação com ele. Passado o alívio, então, veio a tristeza. Durante alguns dias até chegou a passar por sua cabeça a ideia de ter perdido seu melhor leitor, o único para quem verdadeiramente escrevia, o único que era capaz de lhe responder à altura. Tentou entrar em contato com seus tradutores, mas estes andavam a bordo de outros textos e a reboque de outros autores, respondendo às cartas que lhes enviara com palavras corteses e evasivas. Um deles nunca tinha visto na vida um filme de Morini. O outro tinha visto só um filme, mas justo aquele que apresentava semelhanças com o livro cuja tradução não estivera sob seu encargo e que, a julgar pelo que dizia, tampouco havia lido.

Em sua editora de Paris nem sequer se surpreenderam quando Rousselot perguntou se Morini tivera acesso ao manuscrito antes de sua publicação. Responderam-lhe, com alguma relutância, que muita gente tem acesso ao manuscrito nos diversos estágios que antecediam a aparição do livro impresso. Envergonhado, Rousselot preferiu não seguir incomodando mais ninguém através do correio e preferiu adiar as averiguações para quando por fim pudesse visitar Paris. Um ano depois, foi convidado para um congresso de escritores em Frankfurt.

A delegação argentina era numerosa e a viagem foi agradável. Rousselot pôde conhecer dois velhos escritores portenhos a quem considerava seus mestres. Procurou ser útil a ambos e com essa finalidade se prestou a realizar pequenas tarefas mais apropriadas a um secretário ou a um empregado do que a um colega, gesto que um escritor de sua própria mesa no congresso lhe reprovou, acusando-o de obsequioso e servil. Rousselot estava feliz, porém, e não lhe deu a menor bola. A estada em Frankfurt foi grata, apesar do clima, e Rousselot não se separou em nenhum momento do par de escritores velhotes.

Na verdade, aquela atmosfera de felicidade meio artificial foi criada pelo próprio Rousselot, que sabia que ao final do congresso viajaria a Paris, enquanto o resto de seus companheiros regressaria a Buenos Aires ou tiraria uns dias de férias pela Europa. Quando chegou o dia da partida e Rousselot foi ao aeroporto se despedir de parte da delegação que voltava para a Argentina, seus olhos se encheram de lágrimas. Um dos velhos escritores percebeu e falou que não se preocupasse, pois logo voltariam a se ver e as portas de sua casa em Buenos Aires estariam sempre abertas para ele. Rousselot não entendeu o que diziam. Na verdade, ficou a ponto de chorar por medo de ficar sozinho e, sobretudo, pelo medo de ir a Paris e enfrentar o mistério que o aguardava por lá.

Ao chegar, mal se instalou em um hotelzinho de Saint-Germain e ligou para o tradutor de *Solidão* (*As noites do pampa*), porém sem sucesso. O telefone dele tocava sem que ninguém o atendesse e na editora não faziam ideia de seu paradeiro. A grande verdade é que na editora tampouco sabiam quem Rousselot era, mesmo que este tivesse afirmado que haviam publicado dois livros seus, *As noites do pampa* e *Vida de recém-casado*, até que finalmente um sujeito de uns cinquenta anos, cuja função na empresa Rousselot jamais pôde assegurar, o reconheceu e ato contínuo, com uma seriedade inapropriada (que além disso não vinha ao caso), passou a informá-lo que as vendas de seus livros tinham sido péssimas.

Dali Rousselot se dirigiu à editora que havia publicado *A família do malabarista* (que Morini, ao que parecia, nunca lera) e tentou resignadamente averiguar o endereço de seu tradutor, com a esperança de que este o pusesse em contato com os tradutores de *As noites do pampa* e *Vida de recém-casado*. Essa editora era notavelmente menor do que a anterior, de fato consistia tão somente em uma secretária, ou isso foi o que Rousselot pensou que era a mulher que o atendeu, e um editor, um sujeito jovem que o recebeu com um sorriso e um abraço e que insistiu em falar em espanhol, embora logo ficasse claro que não dominava a língua. Ao ser perguntado pelos motivos pelos quais desejava falar com o tradutor de A *família do malabarista*, Rousselot não soube o que responder, pois nesse momento se deu conta de que era absurdo pensar que o tradutor desse romance ou dos anteriores pudesse levá-lo a Morini. No entanto, diante da franqueza de seu editor francês (e diante de sua disponibilidade, pois parecia não ter nada melhor a fazer naquela manhã senão escutá-lo), decidiu contar-lhe toda a história de Morini, desde o princípio até o fim.

Quando terminou, o editor acendeu um cigarro e permaneceu muito tempo em silêncio, caminhando de um lado a outro do escritório, um escritório que com dificuldade chegava aos três metros de comprimento. Rousselot esperou, mais nervoso a cada minuto. Finalmente o editor se deteve diante de algumas prateleiras envidraçadas repletas de manuscritos e perguntou se era a primeira vez que estava em Paris. De modo entrecortado, Rousselot admitiu que sim. Nós parisienses somos uns canibais, disse o editor. Rousselot se apressou a pontuar que não tinha nenhum litígio em mente contra Morini, que apenas desejava vê-lo e talvez perguntar como surgira o argumento dos dois filmes que, por assim dizer, lhe diziam respeito. O editor riu de bater queixo. Desde Camus, disse, a única coisa que interessa aqui é o dinheiro. Rousselot o olhou sem entender suas palavras. Não soube se o editor quis dizer que, depois da morte de Camus, entre os intelectuais só interessava o dinheiro ou se Camus instituiu entre os artistas a lei da oferta e da procura.

O dinheiro não me interessa, sussurrou. Nem a mim, pobre amigo meu, disse o editor, e veja onde estou.

Separaram-se com a promessa de que Rousselot ligaria para ele e se encontrariam alguma noite para jantar. O restante do dia dedicou a fazer turismo. Foi ao Louvre, visitou a torre Eiffel, comeu em um restaurante do Quartier Latin, visitou um par de sebos. De noite telefonou, do hotel, para um escritor argentino que vivia em Paris e que conhecia de sua época de Buenos Aires. Não eram propriamente o que se chama de amigos, mas Rousselot apreciava sua obra e contribuíra para que uma revista portenha publicasse alguns de seus textos.

O escritor argentino se chamava Riquelme e se alegrou de escutar Rousselot. Este desejava combinar com ele algum encontro durante a semana, talvez para almoçar ou jantar, mas Riquelme nem quis saber disso e perguntou de onde estava lhe telefonando. Rousselot deu o nome de seu hotel e disse que estava pensando em se deitar. Riquelme disse que ele não ousasse vestir o pijama, que chegaria agorinha mesmo no hotel e que aquela noite correria por sua conta. Acabrunhado, Rousselot não soube se opor. Fazia anos que não via Riquelme e, enquanto o aguardava no vestíbulo do hotel, ficou tentando compor seu rosto. Tinha uma cara redonda, larga, e o cabelo louro, e era de baixa estatura e de constituição forte. Fazia tempo que não lia nada dele.

Quando enfim Riquelme apareceu, custou a reconhecê-lo: parecia mais alto, menos louro, usava óculos. A noite foi pródiga em confidências e revelações. Rousselot contou a seu amigo o mesmo que pela manhã havia contado a seu editor francês, e Riquelme lhe contou que estava escrevendo o grande romance argentino do século xx. Já tinha mais de oitocentas páginas e esperava terminá-lo em menos de três anos. Embora Rousselot não se atrevesse, por prudência, a perguntar nada sobre o argumento, Riquelme lhe contou com detalhes algumas partes do livro. Visitaram vários bares e casas noturnas. Em algum momento da noite, Rousselot se deu conta de que tanto Riquelme como ele estavam se comportando como adolescentes. De cara essa descoberta o embaraçou, em seguida se entregou a ela sem reservas, com a felicidade de saber que seu hotel o aguardava ao final da noite, seu quarto de hotel e a palavra *hotel*, que naquele momento parecia encarnar milagrosamente (assim, de forma instantânea) a liberdade e a precariedade.

Bebeu demais. Quando despertou, descobriu uma mulher ao seu lado. A mulher se chamava Simone e era puta. Tomaram café da manhã juntos em um café próximo do hotel. Simone gostava de falar e assim Rousselot se inteirou de que ela não tinha cafetão porque um cafetão era o pior negócio que podia existir para uma puta, que acabava de completar vinte e oito anos e que gostava de cinema. Como não lhe interessava o mundo dos cafetões parisienses e a idade de Simone não parecia um assunto frutífero para a conversa, se puseram a falar de cinema. Ela gostava de cinema francês e mais cedo do que tarde chegaram aos filmes de Morini. Os primeiros eram muito bons, opinou Simone, e Rousselot quase a beijou ali mesmo.

Às duas da tarde, voltaram juntos ao hotel e não saíram até a hora do jantar. Podia-se dizer que nunca na vida Rousselot se sentira tão bem. Tinha vontade de escrever, de comer, de sair para dançar com Simone, de caminhar sem rumo pelas ruas da margem esquerda. De fato, sentia-se tão bem que em um momento do jantar, pouco antes de pedir as sobremesas, contou à sua acompanhante o porquê de sua viagem a Paris. Ao contrário do que esperava, a puta não se surpreendeu, e sim levou com naturalidade admirável não somente o fato de que ele fosse escritor, como também o fato de que Morini o tivesse plagiado ou copiado ou tivesse se inspirado livremente em dois de seus romances para realizar seus dois melhores filmes.

Sua resposta, concisa, foi que na vida aconteciam dessas coisas e coisas ainda mais estranhas. Em seguida, à queima-roupa, perguntou-lhe se era casado. Na pergunta estava implícita a resposta e Rousselot lhe mostrou, com gesto resignado, sua aliança de ouro que naquele momento apertava como nunca seu dedo anular. E tem filhos?, disse Simone. Um garotinho, disse Rousselot com ternura ao evocar mentalmente seu filho. Acrescentou: é igualzinho a mim. Depois Simone lhe pediu que a acompanhasse até em casa. Fizeram o trajeto de táxi ambos em silêncio, olhando cada um de sua janelinha as luzes e as sombras que surgiam onde menos se esperava, como se à determinada hora e em determinados bairros a Cidade Luz se transformasse em uma cidade russa da Idade Média ou nas imagens daquelas cidades que os diretores do cinema soviético entregavam de vez em quando ao público em seus filmes. Finalmente o táxi se deteve junto de um edifício de quatro andares e Simone o convidou a descer. Rousselot duvidou se devia fazer isso e em seguida recordou que não a pagara. Sentiu-se compungido e desceu sem pensar em como voltaria ao hotel, já que naquele bairro não pareciam abundar os táxis. Antes de entrar no edifício, estendeu a ela um maço de notas que Simone guardou, ela também sem contá-las, na bolsa.

O edifício não tinha elevador. Quando chegaram ao quarto andar, Rousselot se sentia exausto. Na sala mal iluminada, uma velha tomava um licor esbranquiçado. Com um sinal de Simone, Rousselot se sentou junto à velha, que sacou um copo e o encheu com aquele licor espantoso, enquanto Simone se perdia detrás de uma das portas, para reaparecer depois de um tempo e lhe dizer, mediante gestos, que se aproximasse. E isso agora?, pensou Rousselot.

O quarto era pequeno e em uma cama dormia um menino. É meu filho, disse Simone. É lindo, disse Rousselot. E, com efeito, o menino era bonito, embora talvez assim parecesse por estar adormecido. Louro, de cabelo comprido demais, se parecia com a mãe, ainda que em sua fisionomia infantil já fosse todo varonil, comprovou Rousselot. Quando saiu do quarto, Simone estava pagando a velha, que se despedia a chamando de sra. Simone e até desejou a Rousselot boa noite de maneira efusiva, que tenha uma boa noite, cavalheiro. Quando estimou que por aquele dia havia sido suficiente e quis ir embora, Simone disse que, se quisesse, podia passar a noite com ela. Mas não em minha cama, disse, porque não gostava que seu filho a visse deitada com um desconhecido. Antes de irem dormir, fizeram amor no quarto de Simone e depois Rousselot foi para a sala, deitou-se no sofá e caiu adormecido.

 O dia seguinte, pode-se dizer, passou em família. O pequeno se chamava Marc e pareceu a Rousselot um menino inteligentíssimo cujo francês era sem dúvida melhor do que o seu. Não reparou nos gastos: tomaram café da manhã no centro de Paris, estiveram em um parque, almoçaram em um restaurante da Rue de Verneuil do qual haviam lhe falado em Buenos Aires, em seguida foram remar em um lago e finalmente entraram em um supermercado onde Simone comprou todos os ingredientes para preparar um jantar como era devido. Foram a todos os lugares de táxi. No terraço de um café do boulevard Saint-Germain, enquanto esperavam os sorvetes, viu um par de escritores famosos. Admirou-os de longe. Simone perguntou se os conhecia. Disse que não, mas tinha lido suas obras com atenção e devoção. Então se levante e lhes peça um autógrafo, disse ela.

 Em princípio pareceu uma ideia mais do que razoável, diríamos natural, porém no último segundo decidiu que não tinha o direito de incomodar ninguém, menos ainda quem sempre havia admirado. Aquela noite dormiu na cama de Simone e durante horas fizeram amor, tapando-se mutuamente os lábios para não gemer e despertar o menino, em ocasiões com violência, como se ambos não soubessem fazer outra coisa a não ser se quererem. No dia seguinte voltou, antes de o menino despertar, para seu hotel.

Ao contrário do que esperava, ninguém havia despejado sua mala na rua e ninguém estranhou ao vê-lo aparecer de repente, como um fantasma. Na recepção lhe entregaram duas mensagens de Riquelme. A primeira delas dizia que ele sabia como encontrar Morini. Na segunda, perguntava se ainda tinha interesse em conhecê-lo.

Tomou banho, barbeou-se, escovou (com horror) os dentes, trocou de roupa e ligou para Riquelme. Falaram durante muito tempo. Um amigo de Riquelme, este lhe contou, um jornalista espanhol, conhecia outro jornalista, um francês, que escrevia matérias sobre cinema, teatro e música. O jornalista francês tinha sido amigo de Morini e conservava seu número de telefone. Quando o espanhol lhe pediu o número, o francês não teve nenhum problema em providenciá-lo. Ambos (Riquelme e o jornalista espanhol), em seguida, ligaram para o telefone de Morini, sem demasiadas expectativas, e sua surpresa foi enorme quando a mulher que atendeu lhes disse que de fato aquela era a residência do diretor de cinema.

Agora só faltava marcar um encontro (ao qual Riquelme e o jornalista espanhol desejavam comparecer) com um pretexto qualquer, o mais fútil, uma entrevista para um jornal argentino, por exemplo, com a surpresa deixada para o fim. Que surpresa para o fim?, gritou Rousselot. A surpresa final acontecerá quando o falso jornalista, respondeu Riquelme, revelar ao plagiador quem ele é, ou seja, o autor dos livros plagiados. Naquela tarde, enquanto Rousselot tirava fotografias meio ao acaso às margens do Sena, um *clochard* se aproximou dele e pediu umas moedas. Rousselot lhe ofereceu um trocado mas com a condição de que se deixasse fotografar. O *clochard* aceitou e durante um tempo ambos caminharam juntos, em silêncio, detendo-se de tempos em tempos para que o escritor argentino, que se afastava a uma distância que lhe parecia conveniente, pudesse fazer sua fotografia. Na terceira foto, o *clochard* sugeriu uma pose que Rousselot aceitou sem discutir. Fez oito no total: em uma o *clochard* aparecia de joelhos com os braços em cruz, em outra aparecia dormindo em um banco, em outra olhando ensimesmado o leito do rio, em outra sorrindo e cumprimentando com a mão. Quando a sessão fotográfica terminou, Rousselot lhe deu mais dinheiro e todas as moedas que tinha no bolso e permaneceram juntos, de pé, como se ainda houvesse algo mais a dizer e nenhum se atrevesse a fazê-lo. De onde você é?, perguntou o *clochard*. Buenos Aires, disse Rousselot, Argentina. Que coincidência, disse o *clochard* em espanhol, eu também sou argentino. Essa revelação não surpreendeu Rousselot em nada. O *clochard* se pôs a cantarolar um tango e depois disse que já morava havia mais de quinze anos na Europa, onde alcançara a felicidade e, em certas ocasiões, a sabedoria. Rousselot se deu conta de que agora o *clochard* o chamava de você, o que não tinha feito quando falavam em francês. Até sua voz, o tom de sua voz, parecia ter mudado. Sentiu-se acabrunhado e tristíssimo, como se soubesse que ao fim do dia olharia para o fundo de um abismo. O *clochard* se deu conta e perguntou o que o preocupava.

Nada, uma *mina*, disse Rousselot, tratando de adotar o mesmo tom do compatriota. Em seguida se despediu meio apressado e quando já subia as escadas ouviu a voz do *clochard* que lhe dizia que a única certeza era a morte. Me chamo Enzo Cherubini e te digo que a única certeza é a morte, ouviu. Quando deu a volta, o *clochard* se afastava na direção contrária.

De noite, ligou para Simone e não a encontrou. Falou um tempo com a velha que cuidava do menino e depois desligou. Às dez da noite, apareceu Riquelme. Relutante para sair, Rousselot disse que tinha febre e sentia náuseas, mas todos os pretextos foram inúteis. Com tristeza, percebeu que Paris convertera seu colega em uma força da natureza contra a qual não cabia nenhuma oposição. Naquela noite jantaram em um restaurantezinho da Rue Racine especializado em carnes na brasa, onde se uniu a eles o jornalista espanhol, um tal Paco Morral, que às vezes imitava o modo de falar portenho, muito mal, e acreditava que o cinema espanhol era muito superior, com maior densidade, ao cinema francês, algo com o que Riquelme estava de acordo.

O jantar se prolongou muito mais do que o previsto e Rousselot começou a se sentir mal. Ao voltar ao seu hotel, às quatro da manhã, tinha febre e começou a vomitar. Despertou pouco antes do meio-dia com a sensação de ter vivido muitos anos em Paris. Procurou nos bolsos de sua jaqueta o telefone que conseguiu arrancar de Riquelme e ligou para Morini. Uma mulher, a mesma que tinha falado antes com Riquelme, supôs, atendeu o aparelho e lhe disse que monsieur Morini partira aquela manhã para passar alguns dias com seus pais. De imediato pensou que a mulher mentia ou que o cineasta, antes de sair em disparada, havia mentido para ela. Disse que era um jornalista argentino que desejava entrevistá-lo para uma revista de distribuição continental, uma revista que circulava profusa e incessantemente da Argentina até o México. O único problema, argumentou, era que não tinha tempo pois seu avião sairia em dois dias. Com humildade, pediu a ela o endereço dos pais de Morini. Não foi necessário insistir mais. A mulher o escutou educadamente e depois disse o nome de um povoado normando, uma rua, um número.

Rousselot agradeceu e telefonou em seguida para Simone. Não encontrou ninguém. Logo se deu conta de que nem sequer sabia que dia era. Pensou em perguntar a um garçom, mas sentiu vergonha. Ligou para Riquelme. Uma voz rouca respondeu do outro lado. Perguntou se sabia onde ficava o povoado dos pais de Morini. Que Morini?, disse Riquelme. Teve de avivar sua memória e voltou a explicar parte da história. Não faço ideia, disse Riquelme, e desligou. Depois de uma chateação momentânea, pensou que era melhor assim, que Riquelme se desinteressasse em definitivo de sua história. Em seguida voltou ao hotel, fez as malas e saiu para uma estação ferroviária.

A viagem para a Normandia foi longa o suficiente para que tivesse tempo de recapitular o que fizera durante o tempo em que esteve em Paris. Um zero absoluto se acendeu em sua cabeça e logo, com delicadeza, desapareceu para sempre. O trem parou em Rouen. Outro argentino, ele mesmo, porém em outras circunstâncias, não teria tardado um segundo em se lançar pelas ruas como um perdigueiro atrás das pegadas de Flaubert. Rousselot nem sequer abandonou a estação, esperou durante vinte minutos o trem de Caen e se distraiu pensando em Simone, que personificava a graça da mulher francesa, e em Riquelme e seu estranho amigo jornalista, no fundo mais interessados, ambos, em se revirar em seu próprio fracasso do que na história, por singular que fosse, de qualquer outra pessoa, o que tampouco era incomum, na verdade era bastante normal. As pessoas só se preocupam consigo mesmas, opinou com severidade.

Em Caen pegou um táxi para Le Hamel. Com surpresa, descobriu que o endereço que tinham lhe dado em Paris pertencia a um hotel. O hotel tinha quatro andares e algum charme, mas estava fechado até o início da temporada. Durante meia hora Rousselot permaneceu rodeando o local, pensando se a mulher que vivia na casa de Morini não o teria enganado, até que finalmente se cansou e se aproximou do porto. Em um bar, foi informado de que encontrar um hotel aberto em Le Hamel era quase impossível. O dono do local, um sujeito ruivo e com uma palidez cadavérica, aconselhou que se alojasse em Arromanches. A menos que quisesse dormir em uma das pousadas que permaneciam abertas o ano todo. Rousselot agradeceu e procurou um táxi.

Alojou-se no melhor hotel que conseguiu encontrar em Arromanches, um casarão de tijolos, pedregulhos e madeira que rangia em pleno embate contra o vento. Esta noite sonharei com Proust, falou para si mesmo. Em seguida, telefonou para Simone e falou com a velha que cuidava do menino. A senhora não chegaria antes das quatro da manhã, hoje tem uma orgia, falou. O quê?, disse Rousselot. A velha repetiu a frase. Deus meu, pensou Rousselot, e desligou sem se despedir. Para completar, naquela noite não sonhou com Proust mas com Buenos Aires, onde encontrava milhares de Riquelmes instalados no Pen Club argentino, todos com uma passagem para viajar à França, todos gritando, todos amaldiçoando um nome, o nome de uma pessoa ou de uma coisa que Rousselot não conseguia ouvir muito bem, talvez se tratasse de um trava-língua, de uma senha que ninguém queria revelar, mas que os devorava por dentro.

Na manhã seguinte, enquanto tomava café da manhã, deu-se conta com estupor de que já não lhe restava dinheiro. A distância entre Arromanches e Le Hamel era de três ou quatro quilômetros, e ele decidiu fazer o trajeto a pé. Nestas praias, disse tentando animar a si mesmo, desembarcaram os soldados ingleses durante a Segunda Guerra Mundial. Mas a verdade é que o ânimo o encontrou arriado no chão e, mesmo que pensasse em percorrer os três quilômetros em meia hora, tardou mais de uma para chegar a Le Hamel. Pelo caminho se pôs a fazer contas, a recapitular com quanto dinheiro chegara a Europa, com quanto a Paris, quanto havia gastado com refeições, quanto tinha gastado com Simone — bastante, disse para si com melancolia —, quanto com Riquelme, quanto em táxis — me enganaram todas as vezes! —, que possibilidades havia de que tivesse sido vítima de um roubo e não se desse conta. Os únicos que puderam roubá-lo sem que notasse, concluiu galantemente, foram o jornalista espanhol e Riquelme. A ideia, contemplada daquela paisagem onde tinha morrido tanta gente, não lhe pareceu desproposidada.

Da praia, contemplou o hotel de Morini. Um outro qualquer não teria insistido. Dar voltas ao redor do hotel, para qualquer outra pessoa, teria sido um reconhecimento de sua própria imbecilidade, de um embrutecimento que Rousselot chamava *parisiense*, ou de um embrutecimento *cinematográfico*, até podia ser que *literário*, embora essa palavra para Rousselot ainda conservasse todos os seus ouropéis ou, se formos sinceros, parte de seus ouropéis. Qualquer outro, na verdade, estaria àquelas horas da manhã telefonando para a embaixada argentina e inventando uma mentira verossímil qualquer que justificasse um empréstimo para pagar o hotel. Contudo Rousselot, em vez de agarrar um telefone, tocou a campainha e não se surpreendeu ao ouvir a voz de uma velha que, surgida em uma das janelas do primeiro andar, perguntou o que ele queria, nem se surpreendeu com sua resposta: preciso ver o seu filho. Depois a velha desapareceu e Rousselot esperou junto da porta o que lhe pareceu uma eternidade.

De vez em quando tocava a própria testa para verificar se estava com febre ou media o próprio pulso. Quando enfim abriram, viu um rosto bastante moreno, enxuto, com grandes olheiras, a expressão de um sujeito vicioso, opinou, que lhe era vagamente familiar. Morini o convidou a entrar. Meus pais, disse, trabalham na portaria deste hotel há mais de trinta anos. Instalaram-se no lobby, cujas poltronas empoeiradas estavam cobertas por enormes lençóis com o anagrama do hotel. Em uma parede viu um óleo das praias de Le Hamel, representando banhistas vestidos à moda de 1910, enquanto na parede em frente uma coleção de retratos de clientes ilustres (ou assim supôs) os contemplava de um panorama invadido pela neblina. Sentiu um calafrio. Sou Álvaro Rousselot, disse, o autor de *Solidão*, quer dizer, o autor de *As noites do pampa*.

Morini tardou alguns segundos a reagir, mas quando o fez se levantou de um pulo, lançou um grito de espanto e se perdeu pelos corredores do hotel. Em nenhuma hipótese Rousselot podia esperar por uma reação de tal proporção e o que fez foi ficar sentado, acender um cigarro (cujas cinzas foram caindo sobre o tapete), e pensar com melancolia em Simone, no filho de Simone, em um café de Paris que servia os melhores croissants que provou em toda a sua vida. Depois se ergueu e começou a chamar por Morini. Guy, dizia, sem demasiada convicção, Guy, Guy, Guy.

Achou-o em um desvão onde se encontrava amontoado o material de limpeza do hotel. Abrira a janela e parecia hipnotizado pelo parque que rodeava o estabelecimento, e pelo parque vizinho, que pertencia a uma casa particular e que podia ser visto parcialmente através de uma grade escura. Rousselot se aproximou e tocou suas costas. Morini então lhe pareceu mais frágil e mais baixote do que antes. Durante um tempo ambos se alternaram, olhando os jardins. Depois Rousselot escreveu sobre um papel o endereço de seu hotel em Paris e o hotel em que se hospedava atualmente e o enfiou em um bolso das calças do cineasta. O ato lhe pareceu reprovável, gestualmente reprovável, mas depois, enquanto caminhava de volta para Arromanches, todos os gestos e todas as ações que tinha feito em Paris lhe pareceram reprováveis, vãos, sem sentido, até mesmo ridículos. Eu devia me suicidar, pensou enquanto caminhava pela beira do mar.

De volta a Arromanches, fez o que qualquer pessoa razoável teria feito depois de comprovar que não lhe restava mais dinheiro. Ligou para Simone, explicou sua situação e pediu um empréstimo. De início, Simone disse que não tinha um cafetão, ao que Rousselot respondeu que era um *empréstimo*, e que pensava devolvê-lo com trinta por cento de juros, mas logo ambos riram disso e Simone falou que ele não fizesse nada, que não se movesse do hotel, pois dentro de algumas horas, assim que conseguisse que alguma amiga lhe emprestasse o carro, iria buscá-lo. Também o chamou de querido várias vezes, ao que ele respondeu utilizando a palavra querida, que nunca lhe pareceu tão doce como então. O restante do dia Rousselot passou como se fosse um escritor argentino, na verdade, algo do que começara a duvidar nos últimos dias ou talvez nos últimos anos, não apenas no que correspondia a si próprio, mas também no tocante à possível literatura argentina.

Dois contos católicos

I. A VOCAÇÃO

1. Eu tinha dezessete anos e meus dias, quero dizer todos os meus dias, um atrás do outro, eram um tremor constante. Nada me distraía, nada esvaziava a angústia que se acumulava em meu peito. Vivia como um ator improvisado dentro do ciclo iconográfico do martírio de são Vicente. São Vicente, diácono do bispo Valero e torturado pelo governador Daciano no ano 304, tenha piedade de mim! 2. De vez em quando falava com Juanito. Não, de vez em quando não. Sempre. Nos sentávamos nas poltronas de sua casa e conversávamos sobre cinema. Juanito gostava de Gary Cooper. Dizia: A postura, a temperança, a limpeza da alma, o valor. Temperança? Valor? Teria cuspido na cara dele o que se escondia detrás de suas certezas, mas acabei preferindo enterrar minhas unhas nos braços da poltrona e morder os lábios quando ele não estava olhando para mim e até fechar as pálpebras e fingir que meditava com suas palavras. Só que eu não estava meditando. Muito pelo contrário:

surgiam pra mim, na forma de um carrossel, as imagens do martírio de são Vicente. 3. Primeiro: amarrado em uma lasca de madeira, onde era desmembrado enquanto rasgavam sua carne com ganchos. E daí: submetido ao tormento do fogo em uma grelha sobre brasas. E daí: preso em uma masmorra cujo solo estava coberto de cacos de vidro e de lajotas de cerâmica. E daí: o cadáver do mártir, abandonado em um lugar deserto, era defendido por um corvo da voracidade de um lobo. E daí: seu corpo era lançado de um barco no mar com uma roda de moinho amarrada ao pescoço. E daí: o corpo era devolvido pelas ondas à costa, onde uma matrona e outros cristãos o enterravam piedosamente. 4. Volta e meia eu sentia um pouco de enjoo. Ânsia de vômito. Juanito falava do último filme que tínhamos visto e eu concordava com a cabeça e percebia que estava me afogando, como se as poltronas estivessem no fundo de um lago muito profundo. Eu me lembrava do cinema, lembrava-me do momento de comprar as entradas, mas era incapaz de me lembrar das cenas que meu amigo, meu único amigo!, relembrava, como se a escuridão do fundo do lago tivesse invadido tudo. Se eu abrisse a boca, engoliria água. Se respirasse, eu engoliria água. Se continuasse vivo, engoliria água e meus pulmões ficariam encharcados por séculos e séculos. 5. De vez em quando, a mãe de Juanito aparecia no quarto e me perguntava coisas pessoais. Como iam meus estudos, que livro eu andava lendo, se tinha ido ao circo que se instalara na periferia da cidade. A mãe de Juanito se vestia sempre de maneira muito elegante e era, como a gente, viciada em cinema. 6. Uma vez sonhei com ela, uma vez abri a porta de seu quarto, e em vez de ver uma cama, uma penteadeira, um guarda-roupas, vi um quarto vazio, com piso de lajotas vermelhas, que funcionava também como a antessala de um longo corredor, um corredor longuíssimo, como o túnel da estrada que atravessa a montanha e que depois vai dar na França, só que nesse caso o túnel não estava na parte alta da estrada, mas no quarto da mãe do meu melhor amigo. Vale a pena lembrar disso constantemente: do meu melhor amigo. E o túnel, ao contrário do que costuma acontecer em um túnel de montanha, parecia suspenso em um silêncio fragilíssimo, como o silêncio da segunda quinzena de janeiro ou da primeira quinzena de fevereiro. 7. Atos nefandos em noites aziagas. Recitei isso para Juanito. Atos nefandos, noites aziagas? O ato é nefando porque a noite é aziaga ou a noite é aziaga porque o ato é nefando? Que perguntas são essas, falei quase chorando. Tá louco. Você não entende nada, falei olhando pela janela. 8. O pai de Juanito é de baixa estatura mas de porte arrojado. Foi militar e durante a guerra recebeu vários ferimentos. Suas medalhas pendem em uma parede do seu gabinete, em um caixilho com tampa de vidro. Quando chegou à cidade, disse Juanito, não conhecia ninguém e quem não olhava para ele com temor, olhava com ressentimento. Aqui conheceu, ao fim de alguns meses, minha mãe, disse Juanito. Foram noivos durante cinco anos. Daí meu pai a levou ao altar. Minha tia de vez em quando fala do pai de Juanito. Segundo ela, foi um chefe de polícia honrado. Pelo menos era o que se dizia. Se uma empregada roubava dos patrões, o pai de Juanito a trancava três dias e não lhe dava nem uma migalha. No quarto dia a interrogava pessoalmente e a empregada se apressava a confessar seu pecado: o lugar exato onde estavam as joias e o nome do larápio que as roubara. Depois os guardas detinham o homem e o trancavam na prisão e o pai de Juanito metia a empregada em um trem e a aconselhava a não voltar mais. 9. Essas ações eram celebradas por todo o povoado, como se o chefe de polícia demonstrasse com elas sua proeminência intelectual. 10. Quando chegou, o pai de Juanito só tinha relações sociais com os habitués do cassino. A mãe de

Juanito tinha dezessete anos e era muito loura, a julgar pelas fotos dependuradas em alguns cantos da casa, muito mais do que agora, e tinha terminado seus estudos no Coração de Maria, o colégio de freiras que fica na parte norte da cidadela. O pai de Juanito devia ter uns trinta. Hoje em dia, que já está aposentado, vai todas as tardes ao cassino e bebe *carajillos* ou um copo de conhaque e também costuma jogar dados com os habitués. São outros habitués, não são os mesmos da época dele, mas é como se fossem, porque a admiração é mútua e dada como certa. O irmão mais velho de Juanito vive em Madri, onde é um advogado famoso. A irmã de Juanito é casada e também vive em Madri. Só eu fiquei nessa bendita casa, diz Juanito. E eu! E eu! 11. Nossa cidade está menor a cada dia. De vez em quando tenho a impressão de que todos estão indo embora ou estão trancados no quarto fazendo as malas. Se eu fosse embora, não levaria mala. Nem sequer uma trouxa com poucos pertences. De vez em quando afundo a cabeça entre as mãos e escuto os ratos que correm pelas paredes. São Vicente, dai-me forças. São Vicente, dai-me temperança. 12. Você quer ser santo?, me disse a mãe de Juanito faz dois anos. Sim, senhora. Parece uma boa ideia, mas você tem de ser muito bom. Você é? Procuro ser, senhora. E faz um ano, quando eu ia caminhando pela General Mola, o pai de Juanito me cumprimentou e então parou e me perguntou se eu era o sobrinho de Encarnación. Sim, senhor, falei para ele. É você o que quer ser padre? Concordei com um sorriso. 13. Por que concordar com um sorriso? Por que pedir desculpas com um sorriso de imbecil? Por que olhar para o outro lado sorrindo feito um idiota? 14. Por humildade. 15. Isso é muito bom, disse o pai de Juanito. Fantástico. É preciso estudar muito, não é verdade? Concordei com um sorriso. E assistir a menos filmes? Sim, senhor, eu vou pouco ao cinema. 16. Vi a figura empinada do pai de Juanito se afastar, era como se caminhasse nas pontas dos pés, um homem velho mas ainda enérgico. Observei-o descer a escadaria que dá na rua dos Vidrieros, vi que desaparecia sem uma só tremida, sem uma vacilação, sem nem mesmo olhar para um camelô. A mãe de Juanito, ao contrário, sempre olhava os camelôs e às vezes entrava nas lojas e se você ficava do lado de fora, esperando, ouvia, de vez em quando, sua risada. Se abro a boca, engulo água. Se respiro, engulo água. Se continuo vivo, engulo água e meus pulmões ficarão encharcados por séculos e séculos. 17. E você, vai ser o quê, babaca?, me disse Juanito. Ser ou fazer?, eu falei. Ser, babaca. O que Deus quiser, falei. Deus põe cada um em seu lugar, disse minha tia. Nossos antepassados foram gente de bem. Não houve soldados em nossa família, mas padres sim. Mas quem, eu falei enquanto começava a dormir. Minha tia grunhiu. Vi uma praça cheia de neve e vi os camponeses que acudiam com seus produtos ao mercado varrerem a neve e instalarem suas barraquinhas com cansaço. São Vicente, por exemplo, desconversou minha tia. O diácono do bispo de Saragoça, que no ano 304, embora quem diga 304 pode muito bem dizer 305 ou 306 ou 307 ou 303 de nossa era, foi aprisionado e levado para Valência, onde Daciano, o governador, o submeteu a cruéis torturas, causando sua morte. 18. Por que acha que são Vicente está vestido de vermelho?, perguntei a Juanito. Não faço ideia. Porque todos os mártires da Igreja usam uma peça de roupa vermelha, para serem distinguidos como tais. Esse menino é inteligente, disse o padre Zubieta. Estávamos sozinhos e o gabinete do padre Zubieta gelava os ossos e o padre Zubieta, ou, melhor dizendo, as roupas do padre Zubieta cheiravam a fumo de rolo e leite azedo, tudo misturado. Se decidir entrar no seminário, nossas portas estão abertas para você. A vocação, o chamado da vocação, faz tremer, mas não exageremos. Tremi?, senti que a terra se levantava?, provei a vertigem do matrimônio divino? 19. Não exageremos, não exageremos. Os comunistas se vestem do mesmo jeito, disse Juanito. Os comunistas usam cáqui, eu falei, de verde, com roupas de camuflagem. Não, disse Juanito, os putos vermelhos se vestem de vermelho. E as putas também. Um assunto que despertou meu interesse. As putas? As putas de onde? Ué, as putas daqui, disse Juanito, e suponho que também as de Madri. Aqui, em nossa cidade? Sim, disse Juanito e quis mudar de assunto. Em nossa cidade ou em nosso povoado ou em nosso desamparo existem putas? Claro que sim, disse Juanito. Eu achava que teu pai tinha corrigido todas. Corrigido? Acha que meu pai é padre? Meu pai foi um herói de guerra e depois delegado de polícia. Meu pai não corrige nada. Investiga e descobre. Ponto. E onde você viu as putas? No monte do Moro, onde sempre estiveram, disse Juanito. Deus santo. 20. Minha tia diz que são Vicente. Já chega de tua tia e de são Vicente, tua tia está louca e perdida. Como você poderia ter uma família que remonte até o ano 300? Onde já se viu uma família tão antiga? Mas nem a casa de Alba. Depois de um tempo: tua tia não é má pessoa, pelo contrário, é boa, mas não tem o juízo no lugar. Nós vamos ao cinema de tarde? Está passando um filme com Clark Gable. E a mãe de Juanito: vão, vão, eu fui dois dias atrás e é uma história divertidíssima. E Juanito: Mãe, é que esse aí não tem dinheiro. E a mãe de Juanito: Pois empreste você e tchau e benção. 21. Deus tenha piedade de minha alma. De vez em quando desejo que todos morram. Meu amigo e sua mãe e seu pai e minha tia e todos os vizinhos e os transeuntes e os motoristas que deixam seus carros estacionados junto ao rio e até os pobres meninos inocentes que correm pelo parque junto ao rio. Deus tenha piedade de minha alma e me faça melhor. Ou me desfaça. 22. Se todos morressem, além disso, o que eu faria com tantos cadáveres? Como poderia continuar vivendo nessa cidade ou quase-cidade? Eu me encarregaria de enterrar todo mundo? Jogaria seus corpos no rio? Teria quanto tempo disponível antes de a carne se corromper, antes de o fedor se tornar insuportável? Ah, a neve. 23. A neve cobria as ruas de nossa cidade. Antes de entrar no cinema compramos castanhas e amêndoas confeitadas. Nossos cachecóis estavam erguidos até o nariz e Juanito dava risada e falava de aventuras nas antigas colônias holandesas da Ásia. Não deixavam ninguém entrar com castanhas, por motivo de higiene básica, mas é claro que deixavam Juanito entrar. Gary Cooper teria feito melhor esse filme, disse Juanito. Ásia. Chineses. Leprosários. Mosquitos. 24. Ao sair, nos separamos na rua dos Cuchillos. Eu fiquei quieto debaixo da neve e Juanito saiu correndo na direção de sua casa. Pobre potrinho, pensei, mas Juanito tinha só um ano a menos do que eu. Quando desapareceu, subi pela rua dos Toneleros até a praça do Sordo e então mudei de caminho e me dirigi, bordeando as muralhas da antiga fortaleza, no sentido do monte do Moro. A luz dos postes se refletia contra a neve, e as fachadas das velhas casas pareciam guardar, de maneira efêmera mas também de maneira natural, dir-se-ia serena, os ouropéis do passado. Subi em uma janela caiada e vi uma sala bem arrumada, com um Sagrado Coração de Jesus no centro de uma das paredes. Porém eu estava cego e surdo e continuei a subir, pela calçada da sombra, a fim de não ser reconhecido. Quando cheguei na pracinha do Cadafalso me dei conta, e só então, de que não tinha cruzado com nenhum transeunte durante toda a subida. Com esse frio, falei para mim, não tem quem troque a quentura de casa pela crueza das ruas. Já havia anoitecido e da pracinha dava para ver as luzes de alguns bairros e as pontes a partir da praça de don Rodrigo e a curva que o rio faz antes de seguir seu curso para o leste. As estrelas brilhavam no céu. Pensei que pareciam flocos de neve. Flocos suspensos, digo, escolhidos por

Deus para permanecerem imóveis no firmamento, mas flocos no fim das contas. 25. Estava congelando. Decidi voltar para a casa de minha tia e tomar chocolate quente ou uma sopa quente perto do fogão. Me sentia cansado e a cabeça girava. Refiz o caminho. Então o vi. No começo foi só uma sombra. 26. Mas não era uma sombra e sim um monge. A julgar pelo hábito, podia ser um franciscano. Usava capuz, um grande capuz que cobria quase todo o seu rosto reflexivo. Por que digo reflexivo? Porque olhava o chão. 27. De onde vinha? De onde tinha saído? Não sei. Talvez tivesse concedido a extrema-unção a um moribundo. Talvez tivesse atendido uma criança enferma. Talvez tivesse distribuído escassas provisões a algum indigente. O certo é que caminhava sem fazer *nenhum* ruído. Durante um segundo, acreditei que era uma aparição. Não tardei em compreender que a neve atenuava qualquer pisada, inclusive as minhas. 28. Estava descalço. Quando me dei conta, me senti atingido por um raio. Descemos o monte do Moro. Ao passar pela igreja de Santa Bárbara, vi que se persignava. Suas pegadas puríssimas refulgiam na neve como uma mensagem de Deus. Comecei a chorar. Eu teria me ajoelhado de boa vontade para beijar aquelas pegadas cristalinas, a resposta que tinha aguardado por tanto tempo, mas não fiz isso pelo temor de perdê-lo de vista em um beco qualquer. Saímos do centro. Atravessamos a praça Mayor e depois cruzamos uma ponte. O monge caminhava a bom passo, nem lento nem rápido, a bom passo, como deve caminhar a Igreja. 29. Avançamos pela avenida Sanjurjo, margeada de plátanos, até chegar à estação. O calor ali era razoável. O monge entrou nos banheiros e depois comprou uma passagem de trem. Ao sair, porém, notei que tinha calçado os sapatos. Suas canelas eram finas como canas. Saiu para a plataforma. Observei-o sentado, com a cabeça abaixada, esperando e orando. Fiquei em pé, tremendo de frio, escondido por um dos pilares da plataforma. Quando o trem chegou, o monge saltou em um dos vagões com uma agilidade surpreendente. 30. Ao sair, já sozinho, procurei encontrar suas pegadas na neve, as pegadas de seus pés descalços, mas não encontrei nem rastro delas.

II. O ACASO

1. Perguntei-lhe que idade achava que eu tinha. Disse que sessenta, apesar de saber que eu não tinha essa idade. Estou tão mal assim?, perguntei. Pior do que mal, disse. E você, acha que está melhor?, falei. E se está melhor, por que está tremendo? Sente frio? Enlouqueceu? E por que fala comigo sem que o delegado Damián Valle saiba? Ele ainda é delegado? Ele não deu uma mudada? Disse que tinha melhorado um pouco, mas continuava a ser um filho da puta a se evitar. Ainda é delegado? Como se fosse, disse. Se quiser te fazer mal, vai te fazer mal, esteja aposentado ou morrendo no hospital. E por que você está tremendo?, falei depois de pensar alguns minutos. Sinto frio, mentiu, e além disso meus dentes estão doendo. Não me fale mais de don Damián, falei. É por que sou amigo daquele meganha? É por que ando com cafajestes? Não, falei. Só não me fale mais dele. 2. Ficou pensando durante um tempo. Não sei no que poderia estar pensando. Em seguida me deu um naco de pão. Estava duro e falei que, se ele comia aquele manjar, não era nada estranho que os dentes lhe doessem. No manicômio comíamos melhor, falei, por assim dizer. Vá embora daqui, Vicente, me disse o velho. Alguém sabe que você está aqui? Pois então, aleluia! Comece a escavar antes que alguém fique sabendo. Não cumprimente ninguém. Não desgrude a vista do chão e vá embora o quanto antes. 3. Mas não fui de imediato.

Me acocorei diante do velho e tratei de pensar nos bons tempos. Tinha a mente em branco. Acreditei que algo queimava dentro de minha cabeça. Ao meu lado o velho se enrolou em uma manta e bateu as mandíbulas como se mastigasse, mesmo não tendo nada na boca. Lembrei-me dos anos no manicômio, as injeções, as sessões de mangueira, as cordas com que muitos eram amarrados de noite. Vi outra vez aquelas camas meio esquisitas que ficavam em pé mediante um mecanismo com polias. Só depois de uns cinco anos consegui descobrir para que serviam. Os internados a chamavam de camas americanas. 4. Um ser humano acostumado a dormir na posição horizontal poderia fazer isso na posição vertical? Poderia. No começo é meio difícil. Mas se o amarram bem, poderia. As camas americanas serviam para isso, para se dormir tanto na posição horizontal como na posição vertical. E sua função não era, como pensei quando as vi pela primeira vez, castigar os internados, mas para evitar que morressem afogados no próprio vômito. 5. Claro que alguns internos conversavam com as camas americanas. Tratavam as camas por você. Contavam para elas coisas íntimas. Também havia internos que morriam de medo delas. Alguns diziam que a tal cama lhes tinha piscado um olho. Outro dizia que outra delas o violentara. Que uma cama comeu teu cu? Aí você se fodeu, cara! Diziam que as camas americanas, de noite, percorriam os corredores todas empinadas para irem conversar, todas juntas, no refeitório, e que falavam inglês, e que nessas reuniões compareciam todas, as desocupadas e as que não estavam desocupadas, e, claro, quem contava essas histórias eram os internados que por um motivo ou outro nas noites de reunião permaneciam amarrados a elas. 6. Pelo demais, a vida no manicômio era muito silenciosa. Em algumas áreas fechadas se ouviam gritos. Mas ninguém se aproximava dessas áreas nem abria a porta nem botava o olho na fechadura.

A casa era silenciosa; o parque, que era cuidado pelos jardineiros que também eram loucos e que não podiam sair, mesmo sendo menos loucos que os demais, era silencioso; a estrada que se via através dos pinheiros e álamos era silenciosa; até nossos pensamentos discorriam em meio a um silêncio que chegava a assustar. 7. A vida, por onde quer que se olhasse, era suave. De vez em quando nos olhávamos e nos sentíamos privilegiados. Somos loucos, somos inocentes. Somente a espera, quando alguém esperava algo, diminuía aquela sensação. A maioria, contudo, matava a espera fodendo os mais fracos ou se deixando foder. Fui eu que fiz?, dizíamos depois. Fui eu de verdade? E depois a gente dava risada e mudava de assunto. Os médicos, os senhores facultativos, não sabiam de nada, e os enfermeiros e auxiliares, na medida em que a gente não arranjasse problema para eles, faziam vista grossa. Em mais de uma ocasião a gente pesou a mão. O homem é um animal! 8. Eu pensava nisso de vez em quando. Isso se materializava no centro de meu cérebro. Eu pensava e pensava nisso, até que a mente ficava em branco. Às vezes, no começo, ouvia como se fossem cabos trançados. Cabos elétricos ou serpentes. Mas em geral, à medida que o tempo me afastava daquelas cenas, a mente permanecia em branco: sem ruídos, sem imagens, sem palavras, sem disjuntores de palavras. 9. De todas as maneiras, nunca me achei mais esperto do que ninguém. Nunca exibi minha inteligência com soberba. Se tivesse frequentado a escola, hoje seria advogado ou juiz. Ou inventor de uma cama americana melhor do que as camas do manicômio! Tenho palavras, isso admito humildemente. Não faço alarde disso. E assim como tenho palavras, tenho silêncio. Sou silencioso como um gato, me disse o velho quando ele já era velho mas eu ainda era um moleque. 10. Não nasci aqui. Segundo o velho, nasci em Saragoça e minha mãe, por necessidade, veio viver nesta cidade.

Para mim, tanto faz uma cidade ou outra. Aqui, se não tivesse sido pobre, teria podido estudar. Não importa! Aprendi a ler. É suficiente! Não vale a pena falar mais desse assunto. Aqui também eu poderia ter me casado. Conheci uma garota que se chamava, não me lembro o nome, tinha um nome como o de qualquer mulher e em algum momento eu poderia ter me casado com ela. Depois conheci outra garota, mais velha do que eu e, como eu, estrangeira, do sul, da Andaluzia ou de Múrcia, uma cadela que nunca estava de bom humor. Com ela também poderia ter formado uma família, ter um lar, mas eu estava destinado a outros fins e a cadela também. 11. A cidade, às vezes, me sufocava. Demasiado pequena. Eu me sentia como se estivesse trancado dentro de umas palavras cruzadas. 12. Por aquela época comecei, sem mais demora, a pedir nas portas das igrejas. Chegava às dez da manhã e me instalava nas escadarias da catedral ou subia a igreja de São Jeremias, na rua José Antonio, ou na igreja de Santa Bárbara, que era minha igreja favorita, na rua Salamanca, e às vezes, quando me instalava nas escadarias da igreja de Santa Bárbara, antes de iniciar meu expediente de trabalho, chegava até mesmo a entrar na missa das dez e a rezar com todas as minhas forças, que era como rir em silêncio, rir, rir, feliz da vida, e quanto mais rezava mais dava risada, que era a forma pela qual minha natureza se deixava penetrar pelo divino, e aquela risada não era uma falta de respeito nem era a risada de um incrédulo, muito pelo contrário, era a risada estrondosa de uma ovelha trêmula diante de seu Criador. 13. Depois fazia a confissão, contava minhas misérias e minhas vicissitudes, em seguida comungava e finalmente, antes de voltar à escadaria, me detinha alguns segundos na frente da imagem de Santa Bárbara. Por que sempre estava acompanhada de um pavão real e uma torre? Um pavão real e uma torre. Significava o quê? 13. Certa tarde, perguntei ao padre.

Como é que essas coisas te interessam?, ele me perguntou por sua vez. Não sei, padre, pura curiosidade, respondi. Sabe que a curiosidade é um mau hábito?, disse. Sei, padre, mas minha curiosidade é sadia, eu sempre rezo para santa Bárbara. Faz bem, meu filho, disse o padre, santa Bárbara tem mão caridosa com os pobres, continue a rezar para ela. Mas o que eu quero saber é sobre o pavão real e a torre, eu falei. O pavão real, disse o padre, é símbolo da imortalidade. A torre tem três janelas, você notou isso? Pois as janelas foram colocadas na torre para representar as palavras da santa, que disse que a luz entrou nela ou iluminou sua casa pelas janelas do Pai, do Filho e do Espírito Santo. Compreende? 15. Não fui à escola, padre, mas tenho juízo para discernir, respondi. 16. Depois eu ia ocupar meu lugar, o lugar que me pertencia, e mendigava até que a igreja fechasse as portas. Sempre deixava uma moeda na palma da mão. As outras, no bolso. E suportava a fome mesmo que visse os outros comerem pão ou pedaços de salsichão e queijo. Eu pensava. Pensava e estudava sem sair das escadarias. 17. Assim eu soube que o pai de santa Bárbara, um senhor poderoso chamado Dióscuro, a encerrou em uma torre, ou seja, a encarcerou, por causa dos pretendentes que a perseguiam. E soube que santa Bárbara, antes de entrar na torre, se batizou a si mesma com as águas de um açude ou de uma irrigação ou de um tanque onde os camponeses armazenavam água da chuva. E soube que ela escapou da torre, a torre das três janelas por onde entrou a luz, mas foi detida e levada diante do juiz. E o juiz a condenou à morte. 18. Tudo o que os padres servem é gelado. A sopa é gelada. A infusão é gelada. Mantas que não esquentam durante o inverno rigoroso. 19. Vá embora daqui, Vicente, me disse o velho sem deixar de sacudir as bochechas. Como se estivesse roendo sementes. Consiga uma roupa que te torne invisível e vai nessa antes que o delegado fique sabendo. 20.

Enfiei a mão no bolso e, sem tirá-la, contei minhas moedas. Tinha começado a nevar. Disse adeus ao velho e saí para a rua. 21. Caminhei sem rumo. Sem um plano prévio. Da rua Corona observei a igreja de Santa Bárbara, tenha piedade de mim, falei. Sentia o braço esquerdo adormecido. Sentia fome. Sentia vontade de morrer. Mas não para sempre. Talvez só tivesse vontade de dormir. Meus dentes batucavam. Santa Bárbara, tenha piedade deste servo teu. 22. Quando a decapitaram, ou seja, quando cortaram a cabeça de santa Bárbara, caiu um raio do céu que fulminou seus verdugos. O juiz que a condenou também? O pai que a prendeu também? Caiu um raio e antes se ouviu o estrondo de um trovão. Ou foi ao contrário. Verdade. Deus meu, Deus meu, Deus meu. 23. Não cheguei mais perto. Me contentei em ver a igreja de longe e saí caminhando em direção a um bar onde em minha época dava para se comer barato. Não o encontrei. Entrei em uma padaria e comprei uma bisnaga de pão. Depois pulei por cima de uns tapumes e comi a salvo dos olhares indiscretos. Sei que é proibido pular tapumes e comer em jardins abandonados ou em casas arruinadas, para própria segurança do infrator. Pode cair uma viga em cima de você, me disse o delegado Damián Valle. Além disso, é propriedade privada. Parece uma bosta, criadouro de aranhas e ratos, mas continua a ser, até o fim dos dias, propriedade privada. E pode cair uma viga em cima de sua cabeça e destroçar esse crânio privilegiado, me disse o delegado Damián Valle. 24. Depois de comer, pulei o tapume e cheguei de novo à rua. Logo me senti triste. Não sei se era a neve ou sei lá o quê. Comer, ultimamente, me dá um desconsolo. Quando eu como, não estou triste, mas depois de comer, abancado em um tijolo, olhando os flocos de neve caírem sobre o jardim abandonado, eu sei lá. Desconsolo e agonia. Então, dei uns tapas nas pernas e saí andando. As ruas começaram a esvaziar. Durante um tempo fiquei olhando as vitrines. Mas era mentira. O que fazia era procurar minha imagem nas vitrines, nos vitrôs. Depois acabaram os vitrôs e só havia escadarias. Abaixei a cabeça e subi. Em seguida dei em uma rua. Depois na paróquia da Concepción. Depois na igreja de São Bernardo. Depois nas muralhas e mais adiante, na fortaleza. Não se via uma alma. Estava no monte do Moro. Recordei as palavras do velho: Vá, vá, que não te peguem outra vez, desgraçado. Todo o mal que fiz. Santa Bárbara, tenha piedade de mim, tenha piedade de teu pobre filho. Lembrei que em uma daquelas vielas vivia uma mulher. Decidi visitá-la, pedir-lhe um prato de sopa, um abrigo velho que já não quisesse, um pouco de dinheiro para comprar uma passagem de trem. Onde será que vivia aquela mulher? Me enfiei em becos cada vez mais estreitos. Vi um portão e bati. Ninguém abriu. Empurrei o portão e entrei em um pátio. Alguém tinha esquecido de recolher a roupa do varal e agora a neve caía amarelada sobre os panos. Abri passagem entre camisas e cuecas e cheguei a uma porta com uma aldrava de bronze que parecia um punho. Acariciei a aldrava mas não a toquei. Empurrei a porta. Começava a escurecer rapidamente do lado de fora. Tinha a mente em branco. Os flocos de neve chiavam. Avancei. Não me lembrava daquele corredor, não recordava o nome da mulher, era uma cadela, boa pessoa, injusta apesar de se arrepender, não me lembrava daquela escuridão, daquela torre sem janelas. Então vi uma porta e me enfiei nela sigilosamente. Era uma espécie de armazém de cereais, com sacos amontoados até o teto. Havia uma cama em um canto. Vi um menino estendido na cama. Estava nu e tiritava de frio. Saquei minha navalha do bolso. Vi um frade sentado em uma mesa. O capuz tapava seu rosto, que mantinha inclinado, absorto na leitura de um missal. Por que o menino estava nu? Talvez porque não houvesse nem uma manta que fosse naquele cômodo?

E por que o frade lia seu missal em vez de se ajoelhar e pedir perdão? Tudo deu errado em algum momento. O frade olhou para mim, disse algo, respondi. Não se aproxime de mim, disse. Depois cravei a navalha nele. Ficamos os dois gemendo até que ele ficou quieto. Eu precisava ter certeza, porém, e voltei a cravar a navalha nele. Depois matei o menino. Rápido, por Deus! Depois me sentei na cama e tiritei durante um tempo. Basta. Precisava ir embora. Minha roupa estava manchada de sangue. Remexi nos bolsos do frade e encontrei dinheiro. Havia umas batatas-doces sobre a mesa. Comi uma. Boa e doce. Abri, enquanto comia a batata-doce, um armário. Sacos de cebola e batatas. Dependurado no cabideiro havia um hábito limpo. Me despi. Que frio fazia. Depois de verificar cada bolso, para não deixar provas que me incriminassem, enfiei minha roupa em uma sacola, incluindo os sapatos, e amarrei a sacola em minha cintura. Vá se foder, Damián Valle. Naquele momento me dei conta de que deixava pegadas por todo o cômodo. Tinha as plantas dos pés cheias de sangue. Durante um tempo, sem deixar de me movimentar, as observei com atenção. Deu vontade de dar risada. Eram pegadas bailantes. Pegadas de são Vito. Pegadas que não iam para nenhuma parte. Mas eu sabia aonde ir. 25. Tudo estava escuro, menos a neve. Comecei a descer do monte do Moro. 26. Seguia descalço e fazia frio. Meus pés afundavam na neve e a cada passo que eu dava o sangue ia se soltando de minha pele. Depois de alguns metros, notei que alguém me seguia. Um policial? Não me importei. Eles governavam a terra, mas eu sabia que, naquele momento, enquanto caminhava pela neve luminosa, eu era o chefe. 27. Deixei para trás o monte do Moro, na área plana a neve estava ainda mais alta, atravessei uma ponte, vi de relance, de cabeça para baixo, a sombra de uma estátua equestre. Meu perseguidor era um adolescente gordo e feio. Quem eu era? Isso pouco importava. 28. Me despedi de tudo aquilo que eu via. Era emocionante. Acelerei o passo para me aquecer. Atravessei a ponte e foi como se estivesse atravessando o túnel do tempo. 29. Eu podia ter matado o moleque, obrigar que ele me seguisse até um beco e ali meter uns furos nele até dizer chega. Mas para quê? Com certeza era o filho de alguma puta do monte do Moro e jamais diria nada. 30. Limpei meus velhos sapatos nos banheiros da estação, joguei uma água neles, tirei as manchas de sangue. Meus pés estavam adormecidos. Despertem. Depois comprei uma passagem para o trem seguinte. Qualquer um, sem me importar com o destino.

Literatura + doença = doença

para meu amigo o dr. Víctor Vargas, hepatologista

DOENÇA E CONFERÊNCIA

Ninguém deve estranhar que o conferencista esteja tão cheio de dedos. O caso é o seguinte. O conferencista vai falar sobre a enfermidade. O teatro lota com dez pessoas. Existe uma expectativa entre os espectadores, digna, sem dúvida, de causa melhor. A conferência começa às sete ou às oito da noite. Ninguém do público jantou. Quando batem as sete horas (ou as oito, ou as nove), já estão todos ali, sentados em seus assentos, os celulares desligados. Dá gosto falar diante de pessoas tão educadas. No entanto, o conferencista não aparece e afinal um dos organizadores do evento anuncia que ele não poderá vir porque, de última hora, ficou gravemente enfermo.

DOENÇA E LIBERDADE

Escrever sobre a enfermidade, sobretudo se alguém está gravemente enfermo, pode ser um suplício. Escrever sobre a enfermidade se alguém, além de gravemente enfermo, for hipocondríaco, é um ato de masoquismo ou de desespero. Mas também pode ser um ato libertador. Exercer, durante alguns minutos, a tirania da enfermidade, como essas velhinhas que a gente encontra nas salas de espera dos ambulatórios e que se dedicam a contar a parte clínica ou médica ou farmacológica de sua vida, em vez de contar a parte política de sua vida ou a parte sexual ou a parte laboral, é uma tentação, uma tentação diabólica, mas uma tentação, no fim das contas. Velhinhas que estão além do bem e do mal, dir-se-ia, e que têm toda a cara de conhecer Nietzsche, e não só Nietzsche mas também Kant e Hegel e Schelling, para não falar de Ortega y Gasset, de quem parecem, aliás, mais do que irmãs, confidentes. E, na verdade, mais do que confidentes, parecem clones de Ortega y Gasset. Em um tal nível que às vezes penso (nos limites de meu desespero) que o paraíso de Ortega y Gasset está nas salas de espera dos ambulatórios, ou o inferno, depende dos olhos e sobretudo da sensibilidade de quem vir e escutar. Um paraíso onde Ortega y Gasset, duplicado milhares de vezes, vive nossa vida e todas as suas circunstâncias. Não nos afastemos muito, porém, da liberdade: eu vinha pensando, na verdade, sim, em uma espécie de libertação. Escrever mal, falar mal, dissertar sobre fenômenos tectônicos na metade de um jantar de répteis, que libertador que pode ser e como eu mereço isso, me submeter à compaixão alheia e depois insultar a torto e a direito, cuspir enquanto falo, esvanecer-me indiscriminadamente, converter-me no pesadelo de meus amigos gratuitos, *ordenhar uma vaca e depois tirar seu leite pela cabeça*, como diz Nicanor Parra em um verso magnífico e também misterioso.

DOENÇA E ESTATURA

Mas vamos direto ao ponto ou vamos nos aproximar por um instante desse ponto solitário parecido com um grão que o vento ou o acaso deixou bem no meio de uma enorme mesa vazia. Não faz muito tempo, ao sair da consulta de Víctor Vargas, meu médico, uma mulher me esperava junto à porta, confundida entre os demais pacientes que faziam fila. Essa mulher era uma mulher baixotinha, quero dizer de reduzida estatura, cuja cabeça mal chegava à altura de meu peito, vamos dizer que a alguns poucos centímetros acima dos mamilos, e isso porque calçava portentosos sapatos de salto alto, como não demorei a descobrir. A visita, nem é preciso dizer, tinha sido ruim, muito ruim: meu médico só tinha más notícias. Eu me sentia, sei lá, não exatamente mareado, que é o mais comum nesses casos, e sim como se os demais estivessem mareados e eu fosse o único a manter uma espécie de calma ou certa verticalidade. Tinha a impressão de que todos engatinhavam, ou, como se diz por aí, andavam de quatro, enquanto eu seguia em pé ou permanecia sentado com as pernas cruzadas, que para todos os efeitos é o mesmo que estar ou seguir em pé ou manter a verticalidade. De qualquer modo, tampouco posso dizer que me sentisse lá muito bem, pois uma coisa é se manter erguido enquanto os demais engatinham e outra coisa muito diferente é observar com um pouco daquilo que, à falta de palavra melhor, chamarei de *ternura* ou curiosidade ou mórbida curiosidade, o engatinhar indiscriminado e repentino daqueles que te rodeiam. Ternura, melancolia, nostalgia, sensações próprias de um apaixonado meio cafona, e muito impróprias de se experimentar na sala de espera do consultório de um hospital de Barcelona. É claro que se esse hospital fosse um manicômio, tal visão não teria me afetado minimamente, pois desde muito jovem me habituei — apesar de nunca o praticar — ao refrão que diz que no país em que você está, faça o que você vê, e o melhor a se fazer em um manicômio, além de manter um silêncio o mais digno possível, é engatinhar ou observar o engatinhar dos companheiros de desgraça. Mas eu não estava em um manicômio e sim em um dos melhores hospitais públicos de Barcelona, um hospital que conheço bem pois estive cinco ou seis vezes internado nele, e até então não havia visto ninguém caminhar de quatro, embora tivesse visto enfermeiros ficando amarelos feito canários e visto gente que de repente deixava de respirar, ou seja, morria, algo razoavelmente comum em um lugar assim; mas de gatinhas ainda não tinha visto ninguém, o que me levou a pensar que as palavras de meu médico tinham sido muito mais graves do que acreditei a princípio, o que dá na mesma: que meu estado de saúde era francamente ruim. E quando saí da consulta e vi todo mundo engatinhando, essa impressão sobre minha própria saúde se acentuou e o medo chegou a ponto de me derrubar, me obrigando a engatinhar também. O motivo de não fazer isso foi a presença da mulher baixotinha, que naquele momento se aproximou e disse seu nome, dra. X, e em seguida pronunciou o nome de meu médico, meu querido dr. Vargas, com quem mantenho uma relação do tipo armador grego milionário, ou seja a relação de um homem casado que ama sua mulher mas que procura vê-la o mínimo possível, e acrescentou, a dra. X, que estava a par de minha enfermidade ou da progressão de minha enfermidade e desejava me incluir em um trabalho que ela vinha fazendo. Perguntei-lhe educadamente sobre a natureza desse trabalho. Sua resposta foi vaga. Explicou apenas que me faria perder meia hora de meu tempo e que se tratavam de alguns exames já prontos aos quais ela gostaria que eu me submetesse. Não sei bem por quê, mas finalmente aceitei, e então ela me guiou para fora da sala de espera até um elevador de grandes proporções, um elevador onde havia uma maca vazia, claro, sem ninguém que a empurrasse, uma maca que subia e que descia com o elevador, como uma namorada bem-proporcionada com — ou no interior do — seu namorado desproporcional, pois o elevador era verdadeiramente grande, o suficiente para abrigar em seu interior não apenas uma maca mas duas, e além disso uma cadeira de rodas, todas com seus respectivos ocupantes, no entanto o mais curioso era que no elevador não houvesse ninguém, a não ser a médica baixotinha e eu, e justo nesse momento, com a cabeça não sei se mais fria ou mais quente, percebi que a médica baixotinha não era de se jogar fora. Nem bem descobri isso, me perguntei o que aconteceria se eu a chamasse para fazer amor no elevador, já que cama não nos faltaria. Na hora me lembrei, e como poderia ser diferente?, da Susan Sarandon disfarçada de freira perguntando ao Sean Penn como ele podia pensar em foder se lhe restavam só alguns poucos dias de vida. O tom de Susan Sarandon, para dizer o mínimo, era de reprovação. Não lembro, para variar, o título do filme, mas era um bom filme, dirigido, acho, por Tim Robbins, que é um bom ator e talvez até seja um bom diretor, mas jamais esteve no corredor da morte. Os que vão morrer só desejam foder. Foder é o que desejam os que estão no cárcere e nos hospitais. Os impotentes só pensam em foder. Os castrados só desejam foder. Os feridos gravemente, os suicidas, os seguidores impenitentes de Heidegger. Até mesmo Wittgenstein, que é o maior filósofo do século XX, só queria uma foda. Até os mortos, li em algum lugar, a única coisa que desejam é foder. É triste ter de admitir isso, mas é assim mesmo.

DOENÇA E DIONÍSIO

Ainda que a verdade da verdade, a puríssima verdade, é que me custa muito admiti-lo. Essa explosão seminal, esses cúmulos e cirros que cobrem nossa geografia imaginária, terminam por entristecer qualquer um. Foder quando não se tem forças para foder pode ser bonito e até épico. Em seguida pode se converter em um pesadelo. Mas não existe remédio a não ser admitir isso. Vejam, por exemplo, as prisões do México. Aparece um sujeito não exatamente gracioso, rechonchudo, seboso, pançudo, vesgo, e que ainda por cima é malvado e cheira mal que só. Esse sujeito, cuja sombra se desloca com uma lentidão exasperante pelas paredes do cárcere ou pelos corredores internos do presídio, depois de pouco tempo ali se torna amante de outro fulano, igualmente feio porém mais forte. Não houve um romance prolongado, um romance repleto de passos e de estações. Não houve uma afinidade eletiva tal como a entendia Goethe. Foi um amor à primeira vista, primário, se assim o desejam, mas cuja finalidade não se distingue muito da finalidade buscada por tantos casais normais ou que nos pareçam normais. São namorados. Seus galanteios, seus enlevos, são como radiografias. Fodem todas as noites. Às vezes saem na porrada. Outras vezes contam um ao outro sua vida, como se fossem amigos, embora na verdade não sejam amigos e sim amantes. Aos domingos, inclusive, ambos recebem as visitas de suas respectivas mulheres, que são tão feias quanto eles. Obviamente nenhum dos dois é o que chamaríamos de homossexual. Se alguém lhes jogasse isso na cara provavelmente sentiriam tanta raiva, se sentiriam tão ofendidos, que primeiro violentariam com brutalidade o ofensor e depois o assassinariam. É assim que costuma ser. Victor Hugo, que segundo Daudet era capaz de comer uma laranja inteira de uma só bocada, prova máxima de sua saúde, segundo Daudet, típico gesto de porco, segundo minha mulher, deixou escrito em *Os miseráveis* que as pessoas sombrias, as pessoas atrozes, são capazes de experimentar uma felicidade sombria, uma felicidade atroz. De acordo com o que acho que lembro, pois Os *miseráveis* é um livro que li no México há muitíssimos anos e que deixei no México quando parti do México para sempre e que não penso em voltar a comprar nem a reler, pois não é preciso ler e muito menos reler os livros dos quais são feitos filmes, e acho que de Os *miseráveis* já fizeram até um musical. Essas pessoas atrozes, como eu dizia, cuja felicidade é atroz, são aqueles rufiões que acolhem Cosette quando Cosette ainda é uma menina, e que encarnam à perfeição não somente o mal e a mesquinharia de certos pequenos burgueses ou daquilo que aspira fazer parte da pequena burguesia, mas que com a passagem do tempo e os avanços do progresso encarnam, nessas alturas da história, a quase totalidade do que hoje chamamos classe média, uma classe média de esquerda ou de direita, culta ou analfabeta, ladra ou de aparência íntegra, gente provida de boa saúde, gente preocupada em cuidar de sua boa saúde, gente exatamente igual (provavelmente menos violenta e menos valente, mais prudente, mais discreta) aos dois pistoleiros mexicanos que vivem seu amor encarcerados em um presídio. Dionísio invadiu tudo. Está instalado nas igrejas e nas ONGs, no governo e nas casas reais, nos escritórios e nas favelas. Dionísio é o culpado de tudo. O vencedor é Dionísio. E seu antagonista ou opositor nem sequer é Apolo, mas seu Pinto ou dona Perua ou seu Brega ou dona Neurônia Solitária, todos guarda-costas dispostos a virarem inimigos ao primeiro estampido suspeito.

ENFERMIDADE E APOLO

E por onde diabos anda o viado do Apolo? Apolo está gravemente enfermo.

DOENÇA E POESIA FRANCESA

A poesia francesa, como bem sabem os franceses, é a mais alta poesia do século XIX, e de alguma maneira em suas páginas e em seus versos são anunciados os grandes problemas que iriam confrontar a Europa e nossa cultura ocidental durante o século XX e que ainda permanecem sem solução. A revolução, a morte, o tédio e a fuga podem ser esses temas. Essa grande poesia foi escrita por um punhado de poetas e seu ponto de partida não é Lamartine, Hugo ou Nerval, mas Baudelaire. Digamos que se inicia com Baudelaire, adquire sua máxima tensão com Lautréamont e Rimbaud, e finaliza com Mallarmé. É claro, existem outros poetas notáveis, como Corbière ou Verlaine, e outros que não são desprezíveis, como Laforgue ou Catulle Mendés ou Charles Cros, e até alguém não completamente desprezível como Banville. Mas a verdade é que Baudelaire, Lautréamont, Rimbaud e Mallarmé já são mais do que suficiente. Comecemos pelo último. Digo, não pelo mais jovem mas pelo último a morrer, Mallarmé, que por apenas dois anos não conheceu o século XX. Ele escreveu isso em "Brisa marinha":

> *A carne é triste, sim, e eu li todos os livros.*
> *Fugir! Fugir! Sinto que os pássaros são livres,*
> *Ébrios de se entregar à espuma e aos céus imensos.*
> *Nada, nem os jardins dentro do olhar suspensos,*
> *Impede o coração de submergir no mar*
> *Ó noites! Nem a luz deserta a iluminar*
> *Este papel vazio com seu branco anseio,*
> *Nem a jovem mulher que preme o filho ao seio,*
> *Eu partirei! Vapor a balouçar nas vagas,*
> *Ergue a âncora sem prol das mais estranhas plagas!*

Um Tédio, desolado por cruéis silêncios,
Ainda crê no derradeiro adeus dos lenços!
E é possível que os mastros, entre as ondas más,
Rompam-se ao vento sobre os náufragos,
Sem mastros, sem mastros, nem ilhas férteis, a vogar...
Mas, ó meu peito, ouve a canção que vem do mar!

Um bonito poema. Nabokov teria aconselhado o tradutor a não manter a rima, a fazer uma versão em verso livre, a fazer uma versão *feísta*, caso Nabokov tivesse conhecido o tradutor, Alfonso Reyes,* que para a cultura ocidental pouco significa mas que para aquela parte da cultura ocidental que é a América Latina significa (ou deveria significar) muito. Mas o que Mallarmé quis dizer quando falou que a carne é triste e que havia lido todos os livros? Que leu até se fartar e que fodeu até enjoar? Que a partir de determinado momento toda leitura e todo ato carnal se transformam em repetição? Que só restava ir viajar? Que foder e ler, eventualmente, acabava aborrecendo, e que viajar era a única saída? Acredito que Mallarmé esteja falando da enfermidade, do combate que a enfermidade empreende contra a saúde, que são dois estados ou duas potências, como queiram, totalitárias; eu acredito que Mallarmé está falando da enfermidade revestida com os trapos do tédio. A imagem que Mallarmé constrói da enfermidade é, no entanto, de certa forma imaculada: fala da enfermidade como *resignação*, resignação de viver ou resignação do que quer que seja. Ou, em suma, está falando de derrota. E para reverter a derrota, contrapõe inutilmente a leitura e o sexo que, suspeito que para maior glória de Mallarmé e maior perplexidade de Madame Mallarmé, eram a mesma coisa, pois do contrário

---

* Nesta edição, a tradução ao português é de Augusto de Campos. (N. T.)

ninguém em perfeito juízo poderia dizer que a carne é triste, assim, dessa forma taxativa, anunciando que a carne *só* é triste, que *la petit mort*, que na verdade não dura nem sequer um minuto, se estende a todos os gestos de amor, que como é bem sabido podem durar horas e horas e se tornarem intermináveis, enfim, que um verso semelhante não desafinaria em um poeta espanhol como Campoamor, mas sim na obra e na biografia de Mallarmé, indissociavelmente unidas, salvo nesse poema, nesse manifesto cifrado, que somente Paul Gauguin levou ao pé da letra, pois que se saiba Mallarmé não escutou jamais os marinheiros cantarem, ou se os escutou não foi, certamente, a bordo de um barco com destino incerto. E menos ainda se pode afirmar que alguém já leu todos os livros, pois mesmo que os livros acabem esse alguém nunca termina de lê-los, algo que bem sabia Mallarmé. Os livros são finitos, os encontros sexuais são finitos, mas o desejo de ler e de foder é infinito, ultrapassa nossa própria morte, nossos medos, nossas esperanças de paz. E o que resta a Mallarmé nesse ilustre poema, quando já não lhe restam, segundo ele, nem vontade de ler nem de foder? Bem, o que lhe resta é a viagem, resta o desejo de viajar. E aí está talvez a chave do crime. Porque se Mallarmé tivesse dito que o que resta a fazer é rezar, chorar ou enlouquecer, talvez tivesse dado a cartada perfeita. Mas em vez disso Mallarmé diz que o que resta a fazer é viajar, que é como dizer *navegar é preciso, viver não é preciso*, frase que antes eu sabia citar em latim e que graças às toxinas viajantes de meu fígado também esqueci, o que dá na mesma, Mallarmé opta pelo viajante de torso nu, pela liberdade que também tem o torso nu, pela vida simples (porém não tão simples se vista de perto) do marinheiro e do explorador que, ao tempo que é uma afirmação da vida, é também um jogo constante com a morte e que, em uma escala hierárquica, é o primeiro degrau de certa aprendizagem poética. O segundo degrau é o sexo e o terceiro, os livros. O que converte a escolha mallarmaica em um paradoxo ou em um regresso, em um voltar a começar do zero. E chegado a esse ponto não posso, antes de voltar ao elevador, deixar de pensar em um poema de Baudelaire, o pai de todos, no qual este fala da viagem, do entusiasmo juvenil da viagem e da amargura que toda viagem eventualmente deixa no viajante, e penso que talvez o soneto de Mallarmé seja uma resposta ao poema de Baudelaire, um dos mais terríveis que já li, o de Baudelaire, um *poema enfermo*, um poema sem saída, mas talvez o poema mais lúcido de todo o século XIX.

DOENÇA E VIAGENS

Viajar adoece. Antigamente os médicos recomendavam a seus pacientes, sobretudo aos que padeciam de doenças nervosas, que viajassem. Os pacientes, que por regra geral tinham dinheiro, obedeciam e embarcavam em longas viagens que duravam meses e, às vezes, anos. Os pobres que tinham doenças nervosas não viajavam. Alguns, é de se supor, enlouqueciam ou, o que é pior, adquiriam novas enfermidades conforme mudavam de cidades, de climas, de hábitos alimentares. Realmente, é mais saudável não viajar, é mais saudável não se mover, nunca sair de casa, ficar bem abrigado no inverno e só tirar o cachecol no verão, é mais saudável não abrir a boca nem pestanejar, é mais saudável não respirar. O certo, porém, é que respiramos e viajamos. Eu, sem ir muito longe, comecei a viajar desde muito jovem, desde os sete ou oito anos, aproximadamente. Primeiro na boleia do caminhão de meu pai, por estradas chilenas solitárias que pareciam estradas pós-nucleares que punham meus cabelos de pé, depois em trens e ônibus, até que aos quinze anos peguei meu primeiro avião e fui viver no México. A partir daquele momento as viagens foram constantes. Resultado: enfermidades múltiplas. Quando garoto, grandes dores de cabeça que levaram meus pais a se perguntar se eu não teria alguma doença nervosa e se não seria conveniente fazer, logo que possível, uma longa viagem reparadora. Quando adolescente, insônia e problemas de natureza sexual. Na juventude, a perda dos dentes que fui deixando, como as migalhas de pão de João e Maria, em diferentes países; alimentação ruim que me provocava acidez estomacal e logo em seguida uma gastrite; abuso de leitura que me obrigou a usar óculos; calos nos pés produzidos por longas caminhadas sem rumo e sem prumo; infinidade de gripes e catarros mal curados. Era pobre, vivia ao deus-dará e me considerava um sujeito de sorte porque, no fim das contas, não tinha adoecido de nada grave. Abusei do sexo mas nunca contraí uma doença venérea. Abusei da leitura mas nunca quis ser um autor de sucesso. Até a perda dos dentes para mim era uma espécie de homenagem a Gary Snyder, cuja vida de vagabundo zen o fez descuidar da dentadura. Mas tudo chega. Os filhos chegam. Os livros chegam. A enfermidade chega. O fim da viagem chega.

DOENÇA E BECO SEM SAÍDA

O poema de Baudelaire se chama "A viagem". O poema é longo e delirante, possui o delírio da extrema lucidez, e este não é o momento de lê-lo por completo. O tradutor é o poeta Antonio Martínez Sarrión,* e seus primeiros versos dizem assim:

* Nesta edição, a tradução de fragmentos do poema de Charles Baudelaire é de Alexandre Barbosa de Souza. (N. T.)

Para a criança, que adora mapas e selos,
O mundo é do tamanho de seu apetite.

O poema, pois, começa com um menino. O poema da aventura e do horror, naturalmente, começa no olhar puro de um menino. Em seguida diz:

Um dia partimos, o cérebro em chamas,
Coração cheio de rancor e desejos amargos,
E vamos seguindo o ritmo da onda,
Acalentando o infinito sobre o infinito dos mares:

Uns, felizes por fugir de um país infame;
Outros, do horror de suas promessas,
Astrólogos afogados nuns olhos de mulher,
Circe tirana de peregrinos perfumes.

Para não virarem porcos, embriagam-se
De espaço e luz e céus em brasa;
O gelo que morde, sóis que os acobreiam,
Lentamente apagam as marcas dos beijos.

Mas verdadeiros viajantes são só os que partem
Por partir, corações leves, como balões,
Só com a fatalidade, que jamais descartam,
E sem saber por quê, dizendo sempre: Vamos!

A viagem que empreendem os tripulantes do poema de Baudelaire de certo modo se assemelha à viagem dos condenados. Vou viajar, vou me perder em territórios desconhecidos, para ver o que encontro, para ver o que acontece. Mas previamente vou renunciar a tudo. Ou dá na mesma: para viajar de verdade, os viajantes não devem ter nada a perder. A viagem, essa longa e acidentada viagem do século XX, se assemelha à viagem feita pelo enfermo a bordo de uma maca, de seu quarto à sala de cirurgia, onde o aguardam seres com rosto oculto sob lenços, como bandidos da seita dos assassinos. Por certo, as primeiras imagens surgidas da viagem não evitam certas visões paradisíacas, produtos mais da vontade ou da cultura do viajante do que da realidade:

> *Espantosos viajantes! Que nobres histórias*
> *Lemos em seus olhos profundos como os mares!*
> *Mostrem-nos as caixas de suas ricas memórias,*

E também diz: O que vocês viram? E o viajante, ou esse fantasma que representa os viajantes, responde enumerando as estações do inferno. O viajante de Baudelaire, evidentemente, não crê que a carne seja triste e que já tenha lido todos os livros, embora evidentemente saiba que a carne, troféu e joia da entropia, é triste e mais do que triste, e que uma vez lido um só livro, todos os livros foram lidos. O viajante de Baudelaire tem a cabeça em chamas e o coração transbordante de raiva e amargura, ou seja, é provável que se trate de um viajante radical e moderno, ainda que claramente seja alguém que com razão quer se salvar, que quer ver, mas que também quer se salvar. A viagem, todo o poema, é como um barco ou uma tumultuosa caravana que se dirige direto para o abismo, mas o viajante, o intuímos em seu asco, em seu desespero e em seu desprezo, quer se salvar. O que finalmente encontra, como Ulisses, o sujeito que viaja de maca e confunde o céu raso com o abismo, é sua própria imagem:

> *Amargo saber, aquele que se tira da viagem!*
> *O mundo, monótono e pequeno, hoje,*

Ontem, amanhã, sempre, nos faz ver nossa imagem:
Um oásis de horror num deserto de tédio!

E com esse verso, na verdade, já temos mais do que o suficiente. Em meio a um deserto de tédio, um oásis de horror. Não há diagnóstico mais lúcido para expressar a enfermidade do homem moderno. Para sair do aborrecimento, para escapar do ponto morto, a única coisa que temos à mão, e nem tão à mão assim, também para isso é preciso se esforçar, é o horror, quer dizer, o mal. Ou vivemos como zumbis, como escravos alimentados com farelo, ou nos convertemos em escravizadores, em seres malignos, iguais àquele sujeito que disse, depois de assassinar sua mulher e seus três filhos, enquanto suava verdadeiros mares, que se sentia estranho, como que possuído por algo desconhecido, a liberdade, e depois falou que as vítimas tinham merecido o que lhes acontecera, ainda que, depois de algumas horas, mais tranquilo, tenha terminado por dizer que ninguém merecia uma morte tão cruel e em seguida tenha acrescentado que tinha provavelmente enlouquecido e pedido aos policiais que o ignorassem. Um oásis é sempre um oásis, sobretudo se se está brotando de um deserto de tédio. Em um oásis se pode beber, comer, curar as feridas, descansar, mas se o oásis é de horror, se só existem oásis de horror, o viajante poderá confirmar, dessa vez de maneira confiável, que a carne é triste, que chega um dia em que todos os livros foram lidos e que viajar é uma miragem. Hoje, tudo parece indicar que só existem oásis de horror ou que a deriva de todo oásis é em direção ao horror.

DOENÇA E DOCUMENTÁRIO

Uma das imagens mais vívidas que recordo da enfermidade é a de um sujeito cujo nome esqueci, um artista nova-iorquino que se movimentava entre a mendicância e a vanguarda, entre os praticantes de *fist-fucking* e os eremitas modernos. Uma noite, anos atrás, quando mais ninguém assistia à televisão, eu o vi em um documentário. O sujeito era um masoquista extremo e de sua inclinação ou destino ou vício incurável extraía a matéria-prima de sua arte. O sujeito era metade ator, metade pintor. Segundo recordo, não era muito grande e estava quase calvo. Ele filmava suas experiências: eram cenas ou encenações de dor. Uma dor cada vez maior, que em ocasiões levava o artista até os limites da morte. Um dia, depois de uma visita de rotina ao hospital, lhe informam que padecia de uma enfermidade mortal. A notícia de início o surpreende. Mas a surpresa não dura muito. O sujeito, de imediato, começa a filmar sua última performance, que, ao contrário das anteriores, ao menos na parte inicial, tem como resultado uma contenção narrativa notável. Nessas cenas ele se mostra sereno e, acima de tudo, discreto, como se tivesse deixado de acreditar na eficácia dos gestos abruptos, da atuação exagerada. Aparece, por exemplo, montado em uma bicicleta, pedalando por uma espécie de passeio marítimo, talvez em Coney Island, e depois sentado no quebra-mar lembrando cenas desconexas da infância e da adolescência, enquanto olha o mar e de vez em quando, de relance, a câmera. Sua voz e seus gestos não são frios nem cálidos. Não é a voz de um extraterrestre nem a voz de um desesperado que se esconde debaixo da cama e cerra os olhos. Talvez seja a voz, e os gestos, de um cego que se dirige a outros cegos. Não diria que está em paz com seu destino, e sim que se trata de um homem a quem seu destino deixa completamente indiferente. As últimas cenas transcorrem no hospital. O sujeito sabe que já não poderá mais sair, sabe que o que lhe resta é morrer, mas ainda assim olha a câmera cuja função é servir à documentação dessa última performance.

Justo nesse momento o espectador insone se dá conta, e só então, de que existem *duas* câmeras, de que existem dois filmes, o do documentarista, o que está sendo visto pela TV, uma produção francesa ou alemã, e o documentário que registra a performance e que vai acompanhar o sujeito cujo nome esqueci ou nunca soube, até o final de sua agonia, o documentário que ele, com mão de ferro ou com olhar de ferro, dirige de seu leito de Procusto. É isso que acontece: uma voz, a do narrador francês ou alemão, se despede do nova-iorquino e na sequência, quando a cena se funde em negro, diz a data de sua morte, poucas semanas depois. O documentário do artista da dor, pelo contrário, segue passo a passo sua agonia, porém isso já não vemos, só podemos imaginar, ou fundir a imagem em negro e ler a asséptica data de sua morte, porque se a víssemos seríamos incapazes de suportá-la.

DOENÇA E POESIA

Entre os imensos desertos de tédio e os não tão escassos oásis de horror, entretanto, existe uma terceira opção, talvez uma enteléquia, que Baudelaire versifica desta maneira:

Queremos, tamanho o fogo que nos queima o cérebro,
Descer ao fundo da voragem, Inferno ou Céu, que importa?
Ao fundo do Desconhecido, para encontrar o novo!

Este último verso, "Ao fundo do Desconhecido, para encontrar o *novo!*", é a pobre bandeira da arte que se opõe ao horror que se soma ao horror, sem mudanças substanciais, da mesma forma que, se acrescentarmos mais infinito ao infinito, o infinito seguirá sendo o mesmo infinito. Uma batalha perdida de antemão, como quase todas as batalhas dos poetas. Algo a que Lautréamont parece se opor, Lautréamont cuja viagem é da periferia em direção à metrópole e cuja forma de viajar e de ver permanece ainda revestida do mistério mais absoluto, em tal nível que não sabemos se se tratava de um niilista militante ou de um otimista desmesurado ou do cérebro sob a sombra da iminente Comuna, e algo que sem dúvida sabia Rimbaud, que submergiu com idêntico fervor nos livros, no sexo e nas viagens, só para descobrir e compreender, com uma lucidez cristalina, que escrever não tem a menor importância (escrever, obviamente, é o mesmo que ler, e em certos momentos se parece bastante com viajar, e inclusive, nas ocasiões privilegiadas, também se parece com o ato de foder, e tudo isso, nos diz Rimbaud, é uma miragem, a única coisa que existe é o deserto e de vez em quando as luzes distantes dos oásis que nos aviltam). E então chega Mallarmé, o menos inocente de todos os grandes poetas, e nos diz que é preciso viajar, que é preciso voltar a viajar. Aqui, até o leitor mais imaturo tem de dizer a si mesmo: ora essa, mas o que acontece com Mallarmé?, de onde vem esse entusiasmo todo?, está nos convidando para viajar ou está nos mandando, de mãos e pés amarrados, para a morte?, está zombando de nós ou não passa de um evidente problema de consonâncias? A possibilidade de que Mallarmé não tenha lido Baudelaire está fora de qualquer consideração. O que pretende, então? Creio que a resposta é simplicíssima: Mallarmé quer voltar a começar, apesar de ser consciente de que a viagem e os viajantes estão condenados. Quer dizer, para o poeta de Igitur não somente nossos atos estão enfermos, mas também a linguagem. Contudo, enquanto buscamos o antídoto ou o remédio para nos curar, o *novo*, aquilo que só pode ser encontrado no Desconhecido, é preciso seguir transitando pelo sexo, pelos livros e pelas viagens, mesmo sabendo que nos conduzem ao abismo, que é, casualmente, o único lugar onde se pode encontrar o antídoto.

DOENÇA E EXAMES

E já é hora de voltar àquele elevador enorme, o maior elevador que já vi em minha vida, um elevador onde um pastor poderia enfiar um reduzido rebanho de ovelhas e um fazendeiro, duas vacas loucas e um enfermeiro, duas macas vazias, e onde eu me debatia, literalmente, entre a possibilidade de pedir àquela médica de baixa estatura, quase uma boneca japonesa, que fizesse amor comigo ou que ao menos tentássemos fazer amor, e a possibilidade certeira de eu desandar a chorar ali mesmo, feito Alice no País das Maravilhas, e inundar o elevador não de sangue, como em O iluminado, de Kubrick, mas de lágrimas. Os bons modos, porém, que nunca são demais e que em raras ocasiões atrapalham, em situações como essa são um estorvo, e em pouco tempo a médica japonesa e eu estamos encerrados em um cubículo, com uma janela da qual se via a parte dos fundos do hospital, fazendo alguns exames estranhíssimos, que a mim pareceram exatamente iguais aos exames que são impressos nas páginas de passatempos de qualquer jornal dominical. É claro que caprichei ao máximo para fazê-los bem, como se quisesse demonstrar a ela que meu médico estava equivocado, um esforço vão, pois apesar de fazer os exames de modo impecável a pequena japonesa continuava impassível, sem me devotar o menor sorriso de alento. De vez em quando, à medida que ela preparava um novo exame, papeávamos. Perguntei-lhe quais eram as chances de sucesso de um transplante de fígado. Grandes, disse. Quantos por cento?, eu falei. Sessenta por cento, ela disse. Porra, eu falei, é muito pouco. Em política é maioria absoluta, ela disse. Um dos exames, talvez o mais simples deles, me deixou impressionado. Consistia em manter durante alguns segundos as mãos estendidas de forma vertical, com os dedos para cima, mostrando as palmas para ela e com o dorso virado para mim. Perguntei que demônios significava aquele teste. Sua resposta foi que, no ponto mais avançado de minha enfermidade, eu seria incapaz de manter os dedos naquela posição. Eles inevitavelmente se dobrariam para ela. Acho que falei: valha-me Deus. Ou talvez eu tenha dado risada. O certo é que a partir de então faço esse teste todo santo dia, esteja onde estiver. Ponho as mãos na frente dos olhos, com o dorso virado para mim, e observo durante alguns segundos meus nós dos dedos, minhas unhas, as rugas que se formam sobre cada falange. Não sei muito bem o que farei no dia em que os dedos não conseguirem se manter firmes. Mallarmé escreveu que um lance de dados jamais abolirá o acaso. No entanto, é necessário lançar os dados todos os dias, assim como é necessário realizar o teste dos dedos esticados todos os dias.

DOENÇA E KAFKA

Conta Canetti em seu livro sobre Kafka que o maior escritor do século XX compreendeu que os dados estavam lançados e que nada mais o separava da escrita no dia em que pela primeira vez cuspiu sangue. O que quero dizer quando digo que nada mais o separava de sua escrita? Sinceramente, não sei muito bem. Suponho que queira dizer que Kafka compreendia que as viagens, o sexo e os livros são caminhos que não levam a lugar nenhum, e que no entanto são caminhos pelos quais é preciso entrar e se perder para se voltar a encontrar ou para encontrar algo, o que quer que seja, um livro, um gesto, um objeto perdido, para encontrar qualquer coisa, talvez um método, com sorte: o *novo*, o que sempre esteve ali.

Os mitos de Cthulhu

para Alan Pauls

Permitam-me que nesta época sombria eu comece com uma afirmação cheia de esperança. A situação atual da literatura em língua espanhola é muito boa! Imbatível! Ótima!

Se fosse melhor, eu até ficaria com medo.
Vamos nos tranquilizar, no entanto: a situação é boa, mas ninguém deve temer um ataque cardíaco. Não há nada que nos leve a pensar em um susto tão grande assim.

Pérez-Reverte, segundo um crítico chamado Conte, é o romancista perfeito da Espanha. Não tenho o recorte no qual ele afirma isso, de modo que não posso citá-lo literalmente. Acho que dizia que era o romancista *mais* perfeito da atual literatura espanhola, como se, uma vez atingida a perfeição, fosse possível seguir se aperfeiçoando. Seu principal mérito, mas isso já não sei se foi dito por Conte ou pelo romancista Marsé, é sua legibilidade. A tal legibilidade lhe permite ser não somente o mais perfeito, mas também o mais lido. Quer dizer: o que vende mais livros.

Segundo esse esquema, provavelmente o romancista perfeito da narrativa espanhola seja Vázquez Figueroa, que em seu tempo livre se dedica a inventar máquinas dessalinizadoras ou sistemas dessalinizadores, artefatos que depois converterão água marinha em água doce, apropriada para irrigações e para que a turma possa tomar banho e até, suponho, seja boa para se beber. Vázquez Figueroa não é o mais perfeito, embora sem dúvida seja perfeito. Ele é legível. Também ameno. Vende muito. Suas histórias, como as de Pérez-Reverte, são cheias de aventuras.

É sério, eu gostaria de ter aqui a resenha do tal Conte. É uma pena que eu não ande por aí carregando recortes de jornal, como o personagem de *A colmeia*, de Cela, que guarda no bolso da jaqueta esfrangalhada o recorte de uma colaboração sua em um jornal provinciano, um jornal do Movimento Operário, é de se imaginar, um personagem adorável, por outro lado, que sempre verei com o rosto de José Sacristán, um rosto pálido e inofensivo no filme, com uma expressão incomensurável de cão moído a pauladas com seu amarfanhado pedaço de jornal no bolso, perambulando pelo impossível planalto deste país. Chegado a este ponto, me permitam duas digressões exegéticas ou dois suspiros: mas que bom ator é o José Sacristán, que agradável, que legível. E que coisa mais curiosa acontece com Cela: a cada dia que passa, mais se parece com um fazendeiro chileno ou com um fazendeiro mexicano; seus filhos naturais, como dizem os pudicos latino-americanos, ou seus bastardos aparecem e crescem feito mato, vulgares e com alguma relutância, mas tenazes e de voz rouca, ou como os cândidos lilases nos terrenos baldios, segundo a expressão do cândido Eliot.

Se amarrarmos o cadáver incrivelmente gordo de Cela em um cavalo branco, poderemos e com absoluta certeza teremos um novo Cid das letras espanholas.

Declaração de princípios:
Em princípio não tenho nada contra a clareza e a amenidade. Depois, veremos.
Sempre é conveniente declarar isso quando se entra nessa espécie de Club Mediterranée habilmente camuflado de pântano, de deserto, de subúrbio operário, de romance-espelho que se olha a si mesmo.

Há uma pergunta retórica que eu gostaria que alguém me respondesse: por que Pérez-Reverte ou Vázquez Figueroa ou qualquer outro autor de sucesso, por exemplo, Muñoz Molina ou aquele jovem de sobrenome sonoro De Prada, vendem tanto? Só porque são amenos e claros? Só porque contam histórias que deixam o leitor em suspense? Ninguém aí responde? Quem é que vai se atrever a responder? Que ninguém diga nada. Detesto ver as pessoas perdendo amigos. Deixe que eu respondo. A resposta é não. Não vendem só por isso. Vendem e gozam do apreço do público porque suas histórias são *compreensíveis*. Porque os leitores, que nunca se equivocam, não como leitores, é claro, e sim como consumidores, nesse caso de livros, entendem perfeitamente seus romances ou seus contos. O crítico Conte sabe disso ou talvez, pois ainda é jovem, desconfie. O romancista Marsé, que é velho, já aprendeu isso muito bem. O público, o público, como disse García Lorca a um michê quando ambos se escondiam em um saguão, não se equivoca nunca, nunca, nunca. E por que não se equivoca nunca? Porque *compreende*.

É claro que é aconselhável aceitar e exigir o exercício incessante de clareza e amenidade no romance, que é uma arte que, por assim dizer, acontece à margem dos movimentos que transformam a História e a história privada, reserva exclusiva da ciência e da televisão, apesar de que, se a exigência ou o ditame do entretenimento, da clareza, for estendido ao ensaio e à filosofia, o resultado pode ser catastrófico sem por isso perder sua potência de promessa ou deixar de ser, a médio prazo, providencial ou desejável. Por exemplo, o pensamento fraco. Honestamente não tenho ideia de que consistiu (ou consiste) o pensamento fraco. Seu promotor, creio recordar, foi um filósofo italiano do século xx. Nunca li um livro dele, nem um livro a respeito. Entre outras razões, e não estou me desculpando, porque não tinha dinheiro para comprá-lo. Portanto, o certo é que, em algum jornal, me inteirei de sua existência. Havia um pensamento fraco. É provável que o filósofo italiano ainda esteja vivo. Em resumo, o italiano não importa. Talvez quisesse dizer outras coisas quando se referisse ao pensamento fraco. É provável que sim. O que importa é o *título* de seu livro. Da mesma forma que quando nos referimos ao *Quixote* o que menos importa é o livro, e sim o título e uns quantos moinhos de vento. E quando nos referimos a Kafka o que menos importa (Deus me perdoe) é Kafka e o fogo do que uma senhora ou um senhor detrás de uma janela (isso se chama concretização, imagem retida e metabolizada por nosso organismo, memória histórica, solidificação do acaso e do destino). A força do pensamento fraco, percebi isso como se tivesse enjoado de repente, um enjoo produzido pela fome, radicava em sua autoapresentação como método filosófico para gente não versada nos sistemas filosóficos. Pensamento fraco para pertencentes às classes fracas. Um operário da construção civil de Girona, que nunca se sentou à beira do andaime de trinta metros de altura com seu exemplar do *Tractatus logico-philosophicus*, nem o releu enquanto mastigava seu *bocadillo de chope*, poderia, com uma boa campanha publicitária, ler o filósofo italiano ou algum de seus discípulos, cuja escrita clara e amena e inteligível lhes chegaria ao fundo do coração.

Naquele momento, apesar dos enjoos, me senti como Nietzsche ao ter a epifania do Eterno Retorno. Nanossegundos que se sucedem inexoráveis e todos abençoados pela eternidade.

O que é o *chope*? No que consiste um *bocadillo de chope*? O pão foi untado com tomate e algumas gotas de azeite ou o pão está seco, envolto em papel-alumínio, também chamado, em decorrência da marca do fabricante, de papel *albal*? E no que consiste o *chope*? Por acaso é mortadela? É uma mistura de apresuntado e mortadela? Uma mistura de salame e mortadela? Tem algo de linguiça ou salsichão no *chope*? E por que a marca de papel-alumínio se chama *albal*? É um sobrenome, o sobrenome do sr. Nemesio Albal? Ou faz alusão à alba, ao alvorecer claro dos enamorados e dos trabalhadores que antes de partir para sua tarefa enfiam na marmita meio quilo de pão com a correspondente porção de fatias de *chope*?

Alba com um ligeiro fulgor metalizado. Alba clara sobre o cagador. Assim se chamava um poema que escrevi com Bruno Montané faz séculos. Recentemente, porém, li que esse título e esse poema eram atribuídos a outro poeta. Ai ai ai ai, os inconscientes, de quão longe vêm o rastreamento, a perseguição, o assédio. E o pior de tudo é que o título é péssimo.

Mas voltemos ao pensamento fraco, essa luva de segurança que se ajusta ao andaime. Amenidade não lhe falta. Tampouco clareza. E os assim chamados fracos socialmente entendem muito bem a mensagem. Hitler, por exemplo, é um ensaísta ou filósofo, como queiram chamá-lo, de pensamento fraco. Nele tudo se entende! Os livros de autoajuda na verdade são livros de filosofia prática, de filosofia amena, pedestre, filosofia inteligível para a mulher e para o homem. Aquele filósofo espanhol que glosa e que interpreta os concorrentes do programa de televisão *Big Brother* é um filósofo legível e claro, embora em seu caso a revelação tenha lhe chegado com algumas décadas de atraso. Não consigo recordar seu nome, pois estou escrevendo esse discurso de memória, como muitos de vocês já adivinharam, poucos dias antes de ser pronunciado. Só lembro que o tal filósofo passou muitos anos em um país latino-americano, um país que imagino seja tropical, farto do exílio, farto dos mosquitos, farto da atroz exuberância das flores do mal. Agora o velho filósofo vive em uma cidade espanhola que não fica na Andaluzia, suportando invernos intermináveis, coberto com um cachecol e com uma boina, contemplando na TV os concorrentes do *Big Brother* e escrevendo seus apontamentos em um caderninho de folhas brancas e frias como a neve.

Quem escreve os melhores livros de teologia é Sánchez Dragó. Um sujeito cujo nome não recordo, especialista em óvnis, é quem escreve os melhores livros de divulgação científica. Quem escreve os melhores livros sobre intertextualidade é Lucía Etxebarría. Quem escreve os melhores livros sobre multiculturalismo é Sánchez Dragó. Juan Goytisolo é quem escreve os melhores livros políticos. Sánchez Dragó é quem escreve os melhores livros sobre história e mitos. Ana Rosa Quintana, uma apresentadora de televisão simpaticíssima, é quem escreve o melhor livro sobre a mulher maltratada de nossos dias. Quem escreve os melhores livros de viagem é Sánchez Dragó. Adoro Sánchez Dragó. Não aparenta a idade que tem. Será que ele tinge o cabelo com henna ou com uma tintura comum de cabeleireiro? Ou seu cabelo não fica grisalho? E se não fica grisalho, por que ele não fica careca, que é o que costuma acontecer aos que conservam sua cor original do cabelo?

E a pergunta que verdadeiramente me importa: o que Sánchez Dragó está esperando para me convidar para seu programa de televisão? Que eu me ponha de joelhos e me arraste a seus pés como o pecador na sarça ardente? Que minha saúde seja pior do que já é? Que consiga uma recomendação de Pitita Ridruejo? Pois fique esperto, Sánchez Dragó! Minha paciência tem limite e eu tive minha fase de barra-pesada! Depois não diga que ninguém te avisou, Gregorio Sánchez Dragó!

Saibam. À mão direita do poste rotineiro, do nor-noroeste, lá onde se entedia um esqueleto, já se pode divisar Comala, a cidade da morte. Em direção a essa cidade se dirige montado em um asno este discurso magistral e em direção a essa cidade me dirijo eu e todos vocês, de uma ou de outra maneira, com maior ou menor deslealdade. Mas antes de entrar nela, gostaria de contar uma história mencionada por Nicanor Parra, a quem consideraria meu mestre se eu tivesse méritos suficientes para ser seu discípulo, o que não é o caso. Um dia, não faz muito tempo, a Universidade de Concepción nomeou Nicanor Parra doutor honoris causa. Também poderiam tê-lo nomeado doutor honoris causa a Universidade de Santa Bárbara ou Mulchén ou Coigüe; no Chile, segundo me contam, bastava ter o ensino fundamental concluído e uma casa mais ou menos grande para fundar uma universidade particular, benefícios do livre mercado. O certo é que a Universidade de Concepción tem certo prestígio, é uma universidade grande, até onde sei é pública, e nela homenageiam Nicanor Parra e o nomeiam doutor honoris causa e o convidam para pronunciar uma aula magistral. Nicanor Parra comparece e a primeira coisa que explica é que, quando era menino ou adolescente, tinha ido àquela universidade, mas não para estudar e sim para vender *bocadillos*, que no Chile são chamados sanduíches ou *sánguches*, que os estudantes compravam e devoravam entre uma aula e outra. Às vezes Nicanor Parra ia acompanhando seu tio, outras ia acompanhando sua mãe e uma ou outra vez compareceu sozinho, com a sacola cheia de *sánguches* enrolados não em papel *albal*, mas em papel-jornal ou em papel pardo, e talvez nem sequer com uma sacola mas com uma cesta, coberta por um pano por motivos higiênicos e estéticos e até mesmo práticos. Em frente à sala cheia de professores sulistas que sorriam, Nicanor Parra evocou a velha Universidade de Concepción, que provavelmente anda se perdendo no vazio e que continua, agora, perdendo-se na inércia do vazio ou de nossa percepção do vazio, e se lembrou de si mesmo malvestido e de sandálias, com a roupa que não demora a ficar pequena demais nos adolescentes pobres, e tudo, até o cheiro daqueles tempos, que era um cheiro de resfriado chileno, de constipado sulista, quedou preso como uma mariposa diante da pergunta que faz e nos faz Wittgenstein, vinda de outro tempo e da longínqua Europa, e que não tem resposta: *esta* mão é uma mão ou não é uma mão?

A América Latina foi o hospício da Europa, assim como os Estados Unidos foram sua fábrica. A fábrica agora está em poder dos capatazes, e loucos fugidos são sua mão de obra. O hospício, há mais de sessenta anos, está queimando em seu próprio óleo, em sua própria graxa.

Hoje li uma entrevista com um prestigioso e ressabiado escritor latino-americano. Pedem a ele que cite três personagens que admire. Responde: Nelson Mandela, Gabriel García Márquez e Mario Vargas Llosa. Seria possível escrever uma tese sobre a situação da literatura latino-americana apenas se baseando nessa resposta. O leitor ocioso pode se perguntar em que se parecem esses três personagens. Há algo que une dois deles: o Prêmio Nobel.* Há mais alguma coisa que une os três: foram de esquerda anos atrás. É provável que os três admirem a voz de Miriam Makeba. É provável que os três tenham dançado, García Márquez e Vargas Llosa em díspares apartamentos de latino-americanos, Mandela

---

* Hoje são três, pois Vargas Llosa também recebeu o Nobel de Literatura em 2010. (N. T.)

na solidão de sua cela, o pegajoso pata-pata. Os três deixam delfins lamentáveis, escritores epigonais, contudo claros e amenos, no caso de García Márquez e Vargas Llosa, e o inefável Thabo Mbeki, atual presidente da África do Sul,* que nega a existência da aids, no caso de Mandela. Como alguém pode dizer, e permanecer tão calmo, que os personagens que mais admira são esses três? Por que não Bush, Putin e Castro? Por que não o mulá Omar, Haider e Berlusconi? Por que não Sánchez Dragó, Sánchez Dragó e Sánchez Dragó, disfarçado de Santíssima Trindade?

Com declarações desse tipo, vejam aonde chegamos. É claro que estou disposto a fazer o que for necessário (mesmo que isso soe desnecessariamente melodramático) para que o tal escritor ressabiado possa fazer essa e qualquer outra declaração, segundo seu gosto e vontade. Que qualquer um possa dizer o que bem entenda e escrever o que queira escrever e além do mais possa publicar isso. Sou contra a censura e a autocensura. Apenas com uma condição, como disse Alceu de Mitilene: se vai dizer o que quer, também vai ouvir o que não quer.

Na verdade, a literatura latino-americana não é Borges nem Macedonio Fernández nem Onetti nem Bioy nem Cortázar nem Rulfo nem Revueltas nem sequer o dueto de machos anciãos formado por García Márquez e Vargas Llosa. A literatura latino-americana é Isabel Allende, Luis Sepúlveda, Ángeles Mastretta, Sergio Ramírez, Tomás Eloy Martínez, um tal Aguilar Camín ou Comín e muitos outros nomes ilustres que não lembro neste momento.

* Thabo Mbeki foi presidente da África do Sul no período 1999-2008. (N. T.)

A obra de Reinaldo Arenas já está perdida. A de Puig, a de Copi, a de Roberto Arlt. Ninguém mais lê Ibargüengoitia. Monterroso, que poderia perfeitamente ter declarado que três de seus personagens inesquecíveis são Mandela, García Márquez e Vargas Llosa, talvez substituindo Vargas Llosa por Bryce Echenique, não tardará a entrar com tudo na mecânica do esquecimento. Agora é a época do escritor funcionário, do escritor pistoleiro, do escritor marombeiro, do escritor que cura seus males em Houston ou na Clínica Mayo de Nova York. A melhor lição dada por Vargas Llosa foi sair para fazer jogging com as primeiras luzes do alvorecer. A melhor lição de García Márquez foi receber o papa de Roma em Havana, calçado com botinhas de couro envernizado, García, não o papa, que suponho usava sandálias, junto a Castro, que usava botas. Ainda me lembro do sorriso de García Márquez, naquela senhora festança, não pôde dissimulá-lo de todo. Os olhos entrecerrados, a pele esticada como se tivesse acabado de fazer um lifting, os lábios ligeiramente franzidos, lábios sarracenos teria dito Amado Nervo morto de inveja.

Que podem fazer Sergio Pitol, Fernando Vallejo e Ricardo Piglia contra a avalanche de glamour? Pouca coisa. Literatura. No entanto, a literatura não vale nada se não for acompanhada de algo mais refulgente do que o mero ato de sobreviver. A literatura, sobretudo na América Latina, e suspeito que também na Espanha, é sucesso, sucesso social, claro, ou seja, grandes tiragens, traduções para mais de trinta idiomas (consigo nomear vinte idiomas, mas começo a ter problemas a partir do idioma número 25, não porque acredite que o número 26 não exista e sim porque me custa imaginar uma indústria editorial e alguns leitores birmaneses tremendo de emoção com os avatares mágico-realistas de Eva Luna), casa em Nova York ou Los Angeles, jantares com grandes magnatas (para que assim a gente descubra que Bill Clinton pode recitar de memória parágrafos inteiros de *Huckleberry Finn* com a mesma desenvoltura com que o presidente Aznar lê Cernuda), capas da *Newsweek* e adiantamentos milionários.

Os escritores atuais já não são, como bem notou Pere Gimferrer, cavalheiros dispostos a fulminar a respeitabilidade social nem muito menos um bando de desajustados, mas gente saída da classe média e do proletariado disposta a escalar o Everest da respeitabilidade, desejosa de respeitabilidade. São louros e morenos filhos do povo de Madri, são gente de classe média baixa que espera terminar seus dias na classe média alta. Não rechaçam a respeitabilidade. Buscam-na desesperadamente. Para chegar até ela têm de transpirar muito. Assinar livros, sorrir, viajar para lugares desconhecidos, sorrir, se fazer de palhaço nos programas de TV, sorrir bastante, sobretudo não morder a mão que lhes dá de comer, comparecer às feiras de livros e responder de bom grado às perguntas mais cretinas, sorrir nas piores situações, fazer cara de inteligente, controlar o crescimento demográfico, agradecer sempre.

Não é de estranhar que de repente se sintam cansados. A luta pela respeitabilidade é exaustiva. Contudo, os novos escritores tiveram e alguns ainda têm (e que Deus os conserve por muitos anos) pais que se desgastaram e exauriram por um mero salário de operário e portanto sabem, os novos escritores, que existem coisas muito mais exaustivas do que sorrir incessantemente e dizer sim ao poder. É claro que existem coisas muito mais exaustivas. E de algum modo é comovente buscar um lugar, mesmo que seja a cotoveladas, nas pastagens da respeitabilidade. Já não existem heróis como Aldana, ninguém mais diz que agora é preciso morrer, contudo existe, por outro lado, o palpiteiro profissional, o tertuliano, o acadêmico, o medalhão do partido, seja de direita ou de esquerda, existe o hábil plagiário, o arrivista contumaz, o covarde maquiavélico, figuras que no sistema literário não estão dessintonizadas com as figuras do passado, que cumprem, aos trancos e barrancos, às vezes com certa elegância, seu papel, e que nós, leitores ou espectadores ou o público, o público, o público, como Margarita Xirgu dizia ao ouvido de García Lorca, merecemos.

Deus abençoe Hernán Rivera Letelier, Deus abençoe sua vulgaridade, seu sentimentalismo, suas posições politicamente corretas, suas repulsivas arapucas formais, pois contribuí para isso. Deus abençoe os filhos idiotas de García Márquez e os filhos idiotas de Octavio Paz, pois sou eu o responsável por essa descendência. Deus abençoe os campos de concentração para homossexuais de Fidel Castro e os vinte mil desaparecidos da Argentina e a expressão perplexa de Videla e o sorriso de macho ancião de Perón que se projeta no céu e os assassinos de crianças do Rio de Janeiro e o castelhano usado por Hugo Chávez, que fede a merda e é a merda que eu criei.

No fim das contas, tudo é folclore. Somos bons para brigar e somos ruins de cama. Ou talvez seja o contrário, Maquieira? Não me lembro mais. Fuguet tem razão: é necessário conseguir bolsas e adiantamentos generosos. É preciso se vender antes que eles, quem quer que sejam, percam o interesse por comprá-lo. Os últimos latino-americanos que souberam quem era Jacques Vaché foram Julio Cortázar e Mario Santiago, e ambos estão mortos. A novela de Penélope Cruz na Índia está à altura de nossos mais ilustres estilistas. Pe chega à Índia. Como ela gosta da cor local ou do pitoresco, vai comer em um dos piores restaurantes de Calcutá ou Bombaim. É o que Pe diz. Um dos piores ou um dos mais baratos ou um dos mais populares. Na porta, vê um menino famélico que por sua vez não tira os olhos dela. Pe se levanta e sai e pergunta ao menino o que ele tem. O menino pergunta se ela pode lhe arranjar um copo de leite. Curioso, pois Pe não está bebendo leite. De todo modo, nossa atriz consegue um copo de leite e o leva para o menino, que continua na porta. Ato contínuo, o menino bebe o copo de leite diante do olhar atento de Pe. Quando termina, conta Pe, o olhar de gratidão e de felicidade do menino a faz pensar na quantidade de coisas que ela possui e de que não precisa, só que nisso Pe se equivoca, pois tudo, absolutamente tudo o que ela possui, é necessário. Durante alguns dias Pe mantém uma longa conversação filosófica e também de ordem prática com madre Teresa de Calcutá. Em determinado momento, Pe conta essa história. Fala do imprescindível e do supérfluo, de ser e não ser, de ser em relação a, e de não ser em relação a quê?, e como?, e no fim das contas que seria isso de ser?, ser você mesma?, Pe faz uma confusão danada. Madre Teresa, enquanto isso, não para de se movimentar como uma doninha reumática de um lado ao outro do quarto ou da varanda que as protege, enquanto o sol de Calcutá, o sol balsâmico e também o sol dos mortos-vivos, já magnetizado pelo oeste, esparrama seus últimos raios. Isso, isso, diz madre Teresa de Calcutá, em seguida murmurando algo que Pe não entende. O quê?, diz Pe em inglês. Seja você mesma. Não se preocupe em consertar o mundo, diz madre Teresa, ajude, ajude alguém, dê um copo de leite a alguém e vai ser suficiente, apoie uma criança, só uma, e vai ser suficiente, diz madre Teresa em italiano e com evidente mau humor. Ao cair da noite, Pe volta ao hotel. Toma banho, muda de roupa, borrifa umas gotas de perfume sem conseguir deixar de pensar nas palavras de madre Teresa. Na hora da sobremesa, repentinamente, a iluminação. Tudo consiste em dar uma beliscada mínima nas economias. Tudo consiste em não se estressar. Você dá a um menino hindu doze mil pesetas por ano e já vai estar fazendo alguma coisa. E não se estresse nem tenha consciência pesada. Não fume, coma frutas secas e não tenha consciência pesada. A parcimônia e o bem estão indissociavelmente unidos.

Restam alguns enigmas flutuando como ectoplasmas no ar. Se Pe comia em um restaurante barato, como não teve uma gastroenterite? E por que Pe, que tem grana, ia comer justamente em um restaurante barato? Para economizar?

Somos ruins de cama, somos ruins para a intempérie, mas bons para economizar. Guardamos tudo. Como se soubéssemos que o hospício vai pegar fogo. Escondemos tudo. Não só os tesouros que ciclicamente Pizarro vai subtrair, mas também as coisas mais inúteis, as bugigangas, fios soltos, cartas, botões, que enterramos em lugares que depois são apagados de nossa memória, pois nossa memória é fraca. Mesmo assim, gostamos de guardar, entesourar, economizar. Caso pudéssemos, economizaríamos a nós mesmos para épocas melhores. Não sabemos ficar sem papai e mamãe. Apesar de suspeitarmos que papai e mamãe nos fizeram feios e tontos e ruins para assim parecerem maiores ainda, diante das gerações vindouras. Pois para papai e mamãe a economia era interpretada como permanência e como obra e como panteão de homens ilustres, enquanto para nós a economia é sucesso, dinheiro, respeitabilidade. Só nos interessa o sucesso, o dinheiro, a respeitabilidade. Somos a geração da classe média.

A permanência foi vencida pela velocidade das imagens vazias. O panteão dos homens ilustres, descobrimos com estupor, é o canil do hospício em chamas.

Se pudéssemos crucificar Borges, nós o crucificaríamos. Somos os assassinos tímidos, os assassinos prudentes. Acreditamos que nosso cérebro é um mausoléu de mármore, quando na verdade é uma casa feita de papelão, um barraco perdido entre um descampado e um crepúsculo interminável. (E quem poderia dizer, por outro lado, que já não crucificamos Borges? Borges ter morrido em Genebra já diz tudo.)

Vamos obedecer, pois, aos ditados de García Márquez e ler Alexandre Dumas. Dar atenção a Pérez Dragó ou a García Conte e ler Pérez-Reverte. No folhetim está a salvação do leitor (e de quebra, da indústria editorial). Quem diria. Depois das tantas elucubrações sobre Proust, de tanto estudar as páginas de Joyce dependuradas em um fio, e a resposta estava no folhetim. Ai, o folhetim. Mas somos ruins de cama e provavelmente voltaremos a meter os pés pelas mãos. Tudo leva a pensar que isso não tem saída.

ESTA OBRA FOI COMPOSTA POR VANESSA LIMA EM ELECTRA E IMPRESSA EM OFSETE PELA GRÁFICA PAYM SOBRE PAPEL PÓLEN BOLD DA SUZANO S.A. PARA A EDITORA SCHWARCZ EM JANEIRO DE 2024

A marca FSC® é a garantia de que a madeira utilizada na fabricação do papel deste livro provém de florestas que foram gerenciadas de maneira ambientalmente correta, socialmente justa e economicamente viável, além de outras fontes de origem controlada.